相信自己的"奇迹"

焦文旗 —— 主编
常朔 —— 副主编

花山文艺出版社
河北·石家庄

图书在版编目（CIP）数据

相信自己的"奇迹" / 焦文旗，常朔主编. -- 石家庄：花山文艺出版社，2020.6（2025.1 重印）
（"智慧人生"丛书）
ISBN 978-7-5511-5193-1

Ⅰ.①相… Ⅱ.①焦… ②常… Ⅲ.①散文集－中国－当代 Ⅳ.①I267

中国版本图书馆CIP数据核字(2020)第095718号

丛书名：	"智慧人生"丛书
主　编：	焦文旗
副主编：	常　朔
书　名：	相信自己的"奇迹"
	Xiangxin Ziji De "Qiji"
选题策划：	郝建国　王玉晓
责任编辑：	尹志秀
责任校对：	李　伟
封面设计：	新华智品
美术编辑：	王爱芹
出版发行：	花山文艺出版社（邮政编码：050061）
	（河北省石家庄市友谊北大街330号）
销售热线：	0311-88643299 / 96 / 17
印　刷：	北京一鑫印务有限责任公司
经　销：	新华书店
开　本：	880mm×1230mm　1/32
印　张：	6.25
字　数：	120千字
版　次：	2020年6月第1版
	2025年1月第5次印刷
书　号：	ISBN 978-7-5511-5193-1
定　价：	39.80元

（版权所有　翻印必究·印装有误　负责调换）

编 委 会

主　任：赵晓龙　张采鑫
副主任：郝建国　焦文旗　王福仓
　　　　常　朔　夏盛磊　王玉晓
委　员：尹志秀　张艳丽　冯　锦
　　　　王天芳　师　佳　高　倩
　　　　李倩迪

写在前面

◎ 郝建国

花有千万种，路有万千条。

对自然而言，和风细雨，阴晴冷暖，均为常态；于人生而言，顺境逆境，悲欢离合，亦属习见。

人生是一段持续百年的跋涉，需要不断地汲取营养，增添前行的动力。

在人类漫长的发展史中，无数先哲积累了大量的人生智慧，铸就了许许多多的智慧人生。这些经验，经过传承，由文言文转为白话文，弥散在一个个现代版生活故事中，感染和引领着无数的人，由粗放走向精致，由遗憾走向尽美。

我们认为，智慧的人生才是完美的人生。

为了便于大家在阅读中感知和体味人生智慧，我们编选了这套"智慧人生"丛书。

丛书由《看淡人生悲与喜》《活着，就是最美的风景》《与过去的自己对话》《爱是最好的良药》《和对手做好邻居》《活成一支小夜曲》《相信自己的"奇迹"》《仁爱比聪明更重要》《幸福就是一场雨》共九册构成，从多角度揭示智慧人生的不同侧面，展示智慧人生的多维内涵，寄望身边的每一个人都能活得精彩、活得明白、活得有尊严。

丛书中的文字浅显易懂，故事生动感人，读来畅快淋漓、兴趣盎然、回味隽永。文章作者，虽不乏文坛宿将，然多为普通写作者，他们从身边琐事写起，独抒性灵，讲述对人生的智慧解读。阅读的过程，宛如与故友谈心，丝丝涟漪，轻轻荡漾，如春风化雨，滋润心田。

人生如航行，智慧是灯塔。

祝读者朋友一路顺风，愿智慧之灯无碍长明！

目录

第一部分 世界很宽，总有你走的路

世界很宽，总有你走的路 …… 叶春雷 003
有没有脚印我都走过 …… 张君燕 007
余味 …… 张金刚 009
向左走，向右走 …… 游宇明 013
怕 …… 吕 游 016
那些无用的美好 …… 顾晓蕊 021
给平淡生活以救赎 …… 王国梁 025
美器盛花 …… 青 衫 028
时光的温度 …… 马亚伟 030
旅行的乐趣在途中 …… 积雪草 033
向内走 …… 韩 青 036
独一无二 …… 鲁先圣 039
榉木 橡木 樱桃木 …… 李良旭 041
自己不扬帆，没人帮你启航 …… 朱荣章 044
德国人的认真 …… 孙庆丰 046

第二部分 越努力，越幸运

无我之境 …………………… 程应峰 051
创意绿植，给你一个春天 ……… 任天军 054
自信助人成功 ………………… 张　雨 057
功到自然成 …………………… 张　勇 060
修炼你的"目中无人" ………… 马少华 063
相信自己的"奇迹" …………… 夏生荷 066
不怕摔倒，就怕活得潦草 …… 李　莹 069
用一千小时给娃娃"生命" …… 赵清华 072
用耳朵"敲"开世界的大门 …… 王新芳 076
越努力，越幸运 ……………… 许群兄 080
只要俯下身子，就能捡到金子 … 朱荣章 083
不放弃，成功就在前方 ……… 漠　风 086
"砌"出来的世界冠军 ………… 嵇振颉 089
低到尘埃方成功 ……………… 侯利明 093
用专注敲开成功之门 ………… 梁水源 096

第三部分 与梦想只差一个坚持

轮椅上的"小创客" …………… 顾静怡 101
快人一步抢先机 ……………… 石顺江 104

把屈辱挂在墙上 …………… 陈甲取 107
选择一条没人走过的路 ………… 任　艳 109
"陪"完青春也无悔 …………… 胡征和 112
只有足够努力,才能不辜负梦想 … 蒲一碗 115
四十六年一盏茶 ……………… 雷碧玉 118
被逼出来的顶尖人物 …………… 董　凡 121
把问题当成机遇 ………………… 江东旭 124
用我的一辈子去画你 …………… 本　心 127
把最原始的"冲动"坚持到底 … 王乃飞 130
与梦想只差一个坚持 …………… 张巧慧 133
不向命运低头的"中国凡·高"… 刘茂英 136
有梦想,就一定要捍卫它 ……… 张宏宇 140
努力是奇迹的另一个名字 ……… 王宁泊 143

第四部分　用一生追梦

大匠无名 ………………………… 刘　江 149
我就要我的"派" ……………… 任天军 152
"海鸥5号"——景海鹏 ………… 苗向东 155
"写"出来的电影人 …………… 周筱谷 158
用一生追梦 ……………………… 王新芳 161
好习惯受益终身 ………………… 郝秀苓 164

乐观的马云不流泪 …………… 唐剑锋 167
《战狼2》凭什么成功 ………… 侯爱兵 170
十年磨一剑 …………………… 李素珍 174
曾国藩的君子之志 …………… 艾里香 176
中国的"萨利机长"刘传健 …… 申云贵 178
超级英雄詹姆森·哈里森 …… 蒙　攀 181
留下巨额财富的世纪老人 …… 竹　子 184
张伯苓的"11号车" …………… 周　礼 187

第一部分

世界很宽,总有你走的路

世界很宽，总有你走的路

◎叶春雷

古人早就说过："向宽处行。"中国的语言，有其模糊性。怎么理解这个"宽处"，其实见仁见智，不可强求一律。按照我的理解，这里的"宽处"，应该是指大路。大路宽敞，不要走羊肠小道。按照孟子的观点："仁，人之安宅也；义，人之正路也。"那"宽处"，应该是指仁义之途。人依照仁义之途而行，就处处走得通，也处处是宽宽的大路。

这样理解，自然应该不错，不过我还想发挥一下。孟子说的，是一种理想的状态，实际生活中，有时并非如此。譬如"为善的受贫穷更命短，造恶的享富贵又寿延"（《窦娥冤》中的话），也是真实存在的。那么，我们何去何从？这的确是个问题。

善良的人，有时真感觉无路可走。那么我们是否都来造恶呢？自然不。如果大家都选择恶，觉得恶比善更行得通，那最后我们这个社会，就成了一个原始丛林，谁更恶，谁就生存。那太可怕了。

理论上，一切道德和法律，都是惩恶扬善的。但理论上如此，事实上不一定如此。这就是说，我们的社会，有缺陷，道德和法律，没有尽到它应尽的职责。好人流血又流泪，这样的事，看得多了。那么，怎么办？自然首先是要提高道德水平和完善法律，但有时候，这似乎不是我们能左右的。我们能左右的，只是自己如何说话行事，这的确很值得注意。

首先，我觉得，不能因为他人恶，我就跟着恶。人善的确可能被人欺，但除了适当保护自己之外，我所能选择的，还是善，而不是恶。我们喜欢说凭良心办事，良心是什么？良心就是道德自律。你要让自己有别于禽兽，就要选择善，选择道德自律。不挖坑陷害别人，不口是心非，不落井下石，不在背后捅人刀子，这就是善的基本准则。有的时候，我觉得，一个人利己是可以理解的，但绝不能损人来利己，这就是道德底线了。至于损人而不利己，那就是犯罪。

其次，要有一个信念，世界很宽，总有我走的路。不要因为这个社会某些人道德崩溃，我就绝望或者堕落，要么感觉无路可走，要么为所欲为，这都是非常错误的。我们读庄子的《养生主》，很佩服那个庖丁。他解牛的时候，即使筋骨交错聚集，纷乱不堪，他也能做到"游刃有余"，那是很不简单的。解牛的过程，形同人生。人生矛盾丛集，你是被矛盾缠住脱不开身，还是一个一个把矛盾化解，从容优雅地按照自己的方式生活，那就看你的智慧和气度了。

我们中国人，其实很聪明，知道一个人要走出一条属于自己的路并不简单，所以给出好多种答案，要你自己去选。孟子早就说过："穷则独善其身，达则兼济天下。"这就是两种不同的道路，并不强求一律。你可以像孔子，"知其不可而为之"；也可以像庄子，"知其不可奈何而安之若命"。总之，你要明白，世界是宽的，总有一条自己的路好走。

通常说，人有"仕"与"隐"两条路，其实，我觉得应该是三条。"仕"与"隐"之外，还有"游"。通常认为道家是"隐"，我却认为道家是"游"，不是"隐"。庄子开篇不就是《逍遥游》吗？做官的，经商的，追求声名的，是一条路，可以笼统归到"仕"；和尚道士，以及今天一些小资，到大山深处买一块儿地，建造自己的小天地，日日呼吸干净的空气，看看蓝天白云，这可称为"隐"；还有一些人，我觉得是"游"。孔子说"游于艺"，那些真正醉心艺术又没有功名念头的人，像毛姆小说《月亮和六便士》中的那个画家思特里克兰德，就可以称之为"游"。"游"追求心灵自由，要么通过文学艺术，要么通过游走天下，总之，是庄子所谓"人相忘于道术"的那种自在逍遥。

以上说的三条路，我个人认为，没有优劣之分，虽然我比较喜欢"游"，也正在按照这个理想去生活。但是我不以自己的标准为标准，我相信萝卜白菜，各有所爱。三条路，都可以走，但是，要有一个前提，就是我前面提到的，不能因为他人恶，我就跟着恶。有了这个前提，三条路，你走哪一条，那是你的自由，别人无权干涉。

这样看来，世界的确是宽的，总有一条你走的路。你不要觉得无路可走，也无须羡慕别人走的路。你只走自己的路，把那个善的念头揣在怀中，像揣着一个指南针。这样，你按照自己的内心想法走，怎么走，都是宽的，都不会走到悬崖边上去。

最后强调一点，这个指南针千万别丢了，一旦丢了，你就是在乱走，走的自然也都是绝路。结果，就不仅可能像阮籍，"时率意独驾，不由径路，车迹所穷，辄恸哭而反"，还可能两眼一抹黑，摔到悬崖底下，那就可怕了。

有没有脚印我都走过

◎张君燕

孟德尔是奥地利著名的生物学家。他出生于奥地利一个贫寒的农民家庭,父亲和母亲都是园艺工人。受父母的影响,孟德尔从小就掌握了很多农学方面的知识,对植物的生长非常感兴趣。他通过独自的观察和思考得出来的一些观点多次受到老师的赞赏,于是孟德尔对植物的生长更加感兴趣了。

可是渐渐地,孟德尔却似乎对植物失去了兴趣,每天不再早起观察植物,也不再捡拾植物的落叶仔细研究,反而时常躺在屋子里发呆。父亲奇怪地追问原因,孟德尔沮丧地说:"就像一些同学说的那样,这些小发现根本不可能在生物学领域留下自己的印记,那我的这些努力还有什么意义呢?"

听了孟德尔的话,父亲没有说话,而是带他来到了屋后的一片空地上。因为刚刚下了一场雪,地面被一层白雪覆盖。父亲对孟德尔说:"脱掉鞋子,到上面去走一圈。"孟德尔吃惊地看着父亲,父亲却坚定地点了点头。于是,孟德尔听从了父亲的话,光着脚在雪地上走了一圈,并留下了一串脚印。不过,仅仅过了片刻,来往的人群和车辆就在雪地上留下了更多的痕迹,孟德尔的脚印被淹没在其中,消失不见了。

回到屋子里后,父亲问:"你有什么感觉?"孟德尔回答:"脚很凉,而且那股凉意还传到了两条腿,但是我却对雪花有了更细腻的感觉,甚至能感觉到雪花在脚底慢慢融化。""后来你的脚印被掩盖、看不见后,你是不是失去这种感觉了?"父亲接着问。"怎么会呢?"孟德尔说,"我的感觉是始终存在的,不管能不能看到脚印,我都在上面走过呀!"

说到这里,又看到父亲意味深长的眼神,孟德尔突然明白了父亲的良苦用心。是呀,不管以后能不能在生物学领域留下自己的印记,只要自己努力了,就能得到独特的体验和收获,而这,对自己来说不就是最大的意义吗?何必在乎能不能给别人留下脚印呢!恍然大悟后,孟德尔不再沮丧,重新焕发了精神,投入到对植物的观察和研究中。后来,孟德尔通过豌豆实验,发现了遗传学三大基本规律中的两个,分别为分离规律及自由组合规律,被人们誉为"现代遗传学之父"。

其实,很多时候,我们只需要放手去做自己喜欢做的事情,不要去计较过多的意义。因为,不管有没有脚印,我们都走过。这就够了!

余 味

◎张金刚

　　余味，意即留下的耐人回想不尽的韵味；读来就充满诗意、撩人思绪，若能在余味袅袅中憩息逗留、恍然迷醉，那更是美到极致，妙不可言。

　　父亲作为资深戏迷，对地方戏情有独钟。曾记得父亲一日与老友相聚听戏归来，一进院，便冲帘内做饭的母亲喊："这河北梆子实在太好听了，我这俩耳朵灌得满满的全是。"他进屋躺在炕上闭眼哼哼着，手指在空中还划呀划的。母亲不懂戏，只回道："那你慢慢回味吧，晚饭就不用吃了。"

　　"灌得满满的"，感觉这是父亲对"余味"最通俗最恰当的注脚。母亲不屑的应答，烟火味十足，透着几分淡淡的嗔怪和调侃，似是怄气却又似逗趣。父母简单的对话，时隔十余年，仍印象深刻，除了那戏，更有二老相依相偎、平淡终老的生活"余味"在心头萦绕不绝。

　　戏曲悠长的韵味，似是通过血脉，从父亲那里传给了我，以至于别人取笑"年纪轻轻看什么戏"时，我自以笑回应，心言"你们哪里懂得"。戏曲从历史长河传承创新而来，一板一眼、一招一式、一腔一调、一服一饰、一丝一扣皆精致入微，洋溢着中国文化之大美，透露着国粹艺术之精深。品一出折子戏，真有余音绕梁三日、意蕴回味无穷之感，怎能不令人着迷。闭眼、晃头、打拍，一声"叫好"，余味留心。

　　唇齿留香，是对美食的绝佳赞誉，舌尖上的味道最有味道。不管走多远，永远忘不了母亲手擀的那碗面、腌制的那坛菜、卤煮的那锅肉，永远忘不了故乡的桑葚甜、花椒麻、酸枣酸、香椿香，那是亲情乡情寄予美食编制的"余味密码"，不论身处何地，只需与味道重逢，相思瞬间即已打开。一家餐馆经营得成功与否，余味带来的回头客多寡便是证明。小城僻静一隅的那家阳春面馆，提起名字便有清新爽口的香味和老板浓郁柔美的江南口音在心头耳际回旋，让人迫不及待地再次光临，让余味更新，随口叹道"就是这个味儿"，鲜！

　　走进影院，静赏一部心仪的电影，何其走心。曾坐车数小时进省城，追《大鱼海棠》。满影院飘逸的爆米花的奶油香味，瞬间扯着思绪在匆匆那年与现实时光间徘徊流转，一切皆那样美好。精美靓丽的画面、悠扬婉转的音乐、清新质感的配音，一时陷入故事，难以自拔。"人生是一场旅程……而这个旅程很短，因此不妨大胆一些去爱一个人，去攀一座山，去追一个梦……上天让我们来到这个世上，就是为了让我们创造奇迹。"最喜欢的这段台词，点醒了迷茫的我。待影片字幕缓缓走完，我仍陷在椅子里，沉思良久，意犹未尽。

　　好文最是讲求余味。南朝刘勰《文心雕龙·隐秀》中言"深文隐蔚，余味曲包"，便是道出了文学表达的至高境界。下语三分，言此意彼，意在文外，余味不尽；读者在留白处，任意遐思，将文中"曲包"的"余味"补说出来，令"玩之者无穷，味之者不厌"。一部小说，高潮处，戛然而止，余韵悠长。这恰到好处的手法，铺垫不足不可用，功力不达不可为。当然，这绝非吾辈浅薄之作者所能及，只得在"余味"中潜心玩味修炼罢了。

　　一向对音乐，有着深入骨髓的情结。那悠扬清丽的曲子，更如一剂良药，大有治愈疗伤之效。那首饶有味道的《味道》，每一个音符、每一句歌词，都挠到了心底最痒的部位。"想念你的笑／想念你的外套／想念你白色袜子／和你身上的味道／我想念你的吻／和手指淡淡烟草味道／记忆中曾被爱的味道"，游离于旋律之外，仅咏叹的爱情便"余味"缭绕。故而，我更愿相信，正因了刻骨铭心爱的"余味"，才注定了尘世间一段段平淡寻常的佳期良缘。

　　做人交友更是如此。正所谓"赠人玫瑰，手留余香"，那余香便是真性情所在。在别人危难之际，力所能及地施以援手，于人是助力，于己是修行。人生在世，不忘初心，多行善事，平凡中创造属于自己、有益社会的不平凡，亦可留得一世芳名。淡如水的交情，不需锦上添花，但求雪中送炭；不会常常提及，却又珍藏心里；有事就联系，无事各忙各的……如此，友情的余味自会留存心底，一生的朋友自会永不走散。

一盏茶，一杯酒，一道菜，一段曲，一本书，一幅画，一个人，一座城……只因那于心于情紧紧关联、丝丝纠缠的"余味"，便从此深爱，欲罢不能，直至地久天长、地老天荒。

向左走，向右走

◎游宇明

女儿通过公招网进入沿海一所公立本科大学，有事业编制，一家人都很高兴。四年前，女儿读大四时，我与妻便开始操心她的工作，后来，她上了研究生，又去韩国支教一年，暂时缓解了我们的焦虑。年初回国，就业问题再次实实在在地摆到了一家人面前。好在女儿能干，回国仅仅两个多月，就干净利落地找到了一份不错的工作，我与妻怎能不欣喜呢？

2017年5月6日，女儿报考的两个单位同时开考，一个是长沙的，单位不错，但考的是公务员题目；一个是浙江嘉兴的，岗位也很理想，自主命题。女儿毅然选择了后者。

公务员考卷有个规律：题目不难，但数学占有相当大的比例，这对于从小数学成绩不太好的女儿无疑是个巨大的考验，回国后，女儿考了两三次公务员，无一进入面试，问题就出在数学上。大学公招自主命题，则往往针对具体的岗位而来，只要不是跟数字有关系的岗位，一般不怎么考数学。女儿报的宣传部，笔试考的就是文学与新闻。女儿在本科学的是对外汉语，研究生读的是比较文学与世界文学，都属于汉语言文学的范围。她又爱好写作，在《中国经济时报》《北京日报》《大公报》《联谊报》

等报刊发表了不少作品。在文学这一块，肯定有优势。新闻方面呢，她虽然不是新闻科班出身，但她在大学里做过学生刊物编辑、记者团副团长、团委宣传部部长，在研究生阶段当过学校新闻通讯员，也有一定的积累。女儿笔试成绩为八十分，与第一名差一分，顺风顺水进入面试。

面试是女儿的"捞金"项目。除了在大学里做过学生干部外，女儿还参加过湖南科大举办的"职场零距离"，并顺利杀入决赛；考取天津外国语大学的研究生、赴韩国孔子学院任教，前后经历过五轮面试（赴韩国孔子学院任教得过四轮）。到了国外，她参加的"面试"就更复杂了，一方面得跟外国学生、房东、旅游地工作人员、司机、任教学校领导等社会各界人士打交道，另一方面需要接触中国驻当地总领事馆工作人员，参加总领事馆举办的各种活动，还与总领事有过多次交谈。换句话说就是，此次面试之前，女儿已经有了一定的职场经验与人生阅历，她比一般考生自然多一份冷静、周到、大气。成功不会亏待有准备的人，最后，女儿面试成绩得了八十九点七五的最高分，总分排名第一。

人生一世，经常面临向左走还是向右走的问题，许多时候，我们的选择未必那么利弊分明，这就需要我们对个人能力和客观情境有个正确的评判。就拿我女儿说吧，她去浙江应聘之前，也不知道笔试真的只考文学与新闻，不晓得自己的面试会发挥得那么出色。她只是觉得自己不能老是陷在做数学题的噩梦里，要换一种可能会远离数学的考试。而生活确实证明了女儿的眼光,并给了她足够的回报。

自然,选择只是一种做事的路径,它是否正确,最后还需凭实力发声。有实力,你相应的选择就会功德圆满。没有实力,你向左走,走投无路;向右走,依然头破血流。不过即使如此,我们仍然不能轻视选择的作用,起码明智的选择会为我们导航、引路,让我们更快地找到最好的自己。

怕

◎吕　游

　　小偷怕警察，贪官怕举报，腐败分子怕东窗事发，犯案者怕半夜敲门……心中有怕才怕，心中无怕不怕。

　　孩子怕打针，学生怕考试，高中毕业怕考不上大学，大学毕业怕找不到工作，工作多年怕提升无望、怕职称难评，退休后怕无聊、怕无事做，老了怕孤独、怕儿女不孝、怕疾病缠身……一生总是怕，许多人的一生都是在一个个"怕"字中度过的。

　　做生意怕赔本，入股怕损失，投资怕失败，合作怕夭折，推销怕碰壁，竞聘怕落榜，就是遇到心上人也不敢追怕被拒绝，许多良机也是在怕中失去的。

　　人怕老。特别是女人最怕老，怕皱纹，怕白发，怕岁月，怕青春流逝，怕靓容不再。怕老就不老了？越怕老老就越找你。

　　健康人怕疾病，小病小怕，大病大怕。其实，生病并不可怕，怕病才真的可怕。谁都懂留得青山在，不怕没柴烧。怕病，只会加剧病情；不怕，病才乖乖服软。

　　人人都有怕，怕开刀，怕流血，怕伤怕痛，怕灾怕祸，甚至老了谈死都怕。贪生怕死是人的本能，不怕死的极少，且多占两头，或顶天立地的英雄，或穷凶极恶的强盗。

有人怕热，有人怕冷；有人怕火，有人怕水；有人怕吵，有人怕静；有人怕老鼠，有人怕毒蛇。有人干工作拈轻怕重，劳动怕脏怕出力，生活中怕苦怕累，对人欺软怕硬、欺小怕大，在社会上欺善怕恶……从"怕"字上，还可折射出人的性格与品行。

有人怕鬼，有人不怕鬼。其实，怕鬼偏有鬼，怕什么偏要碰到什么。心里有鬼就怕鬼，心中无鬼就不怕鬼，正如不做亏心事，不怕鬼敲门。尽管鬼比人可怕，但不怕鬼吓人，就怕人吓人，有的人其实比鬼更可怕。只要人不怕鬼，所谓鬼就怕人。

有人胆小怕事，这也怕，那也怕，总怕事情落在自己头上，总怕招惹麻烦。怕得越多，只能证明你能力越差。有时，越怕事越出事，越怕麻烦越有麻烦，越怕失败越失败，越怕死死得越早。怕得不到，得到又怕失去，结果怕得不到偏偏得不到，得到怕失去偏偏会失去。遇事不可怕，可怕的是心态，可怕的是怕。

一朝被蛇咬，十年怕井绳。人总是在某一件事上吃苦头儿，一碰到类似事情就过于怕。

不怕一万，就怕万一。一万次不可怕，怕的是万里有一。也正因为怕，"一"竟顶了"一万"。

羊怕狼，狼怕人，人怕蛇，蛇怕獴，獴怕鹰……世上总是一物怕一物。有人怕老板，有人怕老婆，有人怕领导，有人怕群众。怕，说明你有求、有爱或有惧于人，受人管控。不怕官，只怕管。

怕是心怕，不怕是心不怕。你怕他，说明他强你弱；你不怕他，说明你虽外表弱但心不弱。上级怕下级，说明有把柄攥在人家手里；下级不怕上级，说明你或有背景或心底无私天地宽。

下雨怕屋漏，下雪怕路滑，刮风怕迷眼，出游怕迷路，"大龄"怕单身，家庭怕插足……生活中没有一点儿"怕"也是不可能的，关键不要怕面对"怕"，要敢从"怕"到"不怕"。

想想小时候，怕黑，怕生，怕独行，那是因年幼而怕；怕鬼怪，怕妖魔，那是因无知而怕；怕水怕火，怕雷怕电，那是因不懂而怕。长大了，有知识了，过去许多"怕"都变成"不怕"了。

开车怕堵，出门怕霾，借钱怕不还，投资怕上当，接电话怕受骗，路上怕劫匪，车上怕小偷，逛商场怕买到假货，收钱怕收到假币，吃怕遇到有毒食品，喝怕水已污染，活怕买不起房子，死怕买不起墓地……怕，说明这个社会有毒瘤或弊病，切除这些毒瘤，治好那些弊病，让老百姓不再怕这、怕那，这个社会才健康。

百姓惧怕官吏，这是专制社会；官员心怕选民，这是民主社会。好人怕坏人，善良怕丑恶，这不是文明社会；坏人怕好人，丑恶怕善良，这才是和谐社会。

真金不怕火炼，假金才怕烈火；白云不怕阳光，乌云才怕太阳。谁最怕真理？谬误才最怕真理。谁最怕真相？谎言才最怕真相。常常是，现实惧怕历史这面镜子，生命最怕时间这把刀子。

不怕少年苦，只怕老来穷。不怕人不敬，就怕己不正。不怕虎狼当面坐，只怕人后一把刀。树怕剥皮，人怕伤心。这世上，人总有畏惧的，说"天不怕，地不怕，老天爷也不怕"的人，只是虚张声势，其内心还是有惧怕的东西，只是表面装不怕而已。

人人都怕失去生命，说明生命可贵；人人都怕时间流逝，证明时间重要。怕，是我们对大自然应有的敬畏之心，切勿总想着战胜之。人类也是在"怕"中前进的：怕羞才有衣，怕冷才有火，怕雨才有屋，怕病才有药，怕走才有车，怕累才造出机器，怕穷才想致富，怕战争才珍爱和平。

怕，还是畏惧，一个人有所怕才能有所成，若无所怕只能是一个可怕的人。如果我们的官员都怕送礼、怕吃请、怕回扣、怕钱来历不明，更怕制度、怕违纪、怕贪污、怕受贿，那肯定是廉洁的政府。这世上若人人都怕法律，那一定是一个进步的社会。

不怕，是说我们也不能这也怕、那也怕，大到怕风怕雨，小到怕痛怕痒，怕得什么也不敢做。鲁迅说："不怕的人的面前才有路。"河水怕跌，就无瀑布；矿石怕火，就没钢铁。怕疼难挑刺，怕湿鞋难过河，怕失败难成功。虎不怕山高，鱼不怕水深，初生牛犊不怕虎。人总得有股闯劲，要是人人都前怕狼、后怕虎，什么都怕，人类就难创新、发展。

世上无难事，只怕有心人。世上所有事都是你怕它，它就不怕你；你不怕它，它就怕你；你越怕便越怕，越不怕就越不怕。

魏徵敢犯颜直谏，海瑞敢抬着棺材上疏，于谦"粉骨碎身浑不怕，要留清白在人间"，谓"不怕"；哥白尼最早发现"日心说",但这一发现他整整36年不敢发表（直到他去世的1543年才公布于众），谓"怕"——怕宗教法庭，怕受火刑，怕被火烧死。从怕讲假话到怕讲真话，是一个社会的倒退；从怕讲真话到怕讲假话，才是一个社会的进步。

"怕"字由"心"与"白"组成。心中一片空白，心苍白了，怎能不怕，人怎能不被怕压倒？"不怕"是时时阻止心变"苍白"，心不怕了，还怕个啥？

怕是一种人生，不怕也是一种人生。怕与不怕的对象不同，人生就不同。该怕就怕，该不怕就不怕，才是一种真正的人生。

那些无用的美好

◎顾晓蕊

明黄的灯光下,少女与长者对坐手谈,轻拈黑白棋子,以鹤的姿态优雅地飞落。这是女儿参与拍摄的电视短片中的镜头,看到这近乎唯美的画面,我不由得叹道:"女孩子下棋是很美的事!"

那年,女儿上初一,已有七年棋龄。她喜好围棋,每周六去棋院上课,我全程接送,风雨不误。棋院门前有棵老梨树,花开时一树梨花白。我会特意早到会儿,站在树下,隔着窗,聆听纹枰落子声。声音清越入耳,如风敲寒竹,如雨打蕉叶,那感觉甚是美妙。

有一天,我从棋院接到女儿,两个人说笑着往回走。走出不远,碰到位熟人,也来接儿子下课。寒暄几句后,他说起给儿子报了英语和奥数班。得知女儿在学围棋,他一脸不解地问道:"下棋不就是玩吗,有什么用?"

隔了几天,又在路上遇见那位爸爸,朝儿子吼叫着什么,颇有风摇雨至的架势。果然,一巴掌抡过去,儿子脸上留下几道红痕,疼得放声号哭。细听之后,才知是孩子英语没过关,被他怒声斥责。

女儿如受惊的燕子,闪扑进我怀里,调皮地吐吐舌头,眼中闪过一丝恐惧。

她许是庆幸,在报班这件事上,我不曾给过她压力。亦确是如此,她起初觉得好玩儿,后来痴迷上围棋,我便鼓励她对认准的事,坚持下去,从中找到乐趣。

学棋久了,女儿会跟我聊些心得,落子无悔、逢危须弃、不得贪胜等等。看似高深的生活哲理,尽在盈尺棋盘间。她还说打谱时能感受到高手的对局像音乐像书法像绘画,变幻不定,美不可言。

近年的围棋人机大战中,多位顶尖围棋高手,被智能机器人挑翻落马,引发学棋是否还有意义的争论。我问女儿怎么看这件事,她说下棋享受的是过程,从不后悔学习围棋。

从她的话语里,我知道女儿领悟到了黑白之道、围棋之美。这令我想起读到过的一句话:"棋道即艺道,棋中自有你的个性、你的道路,凡人所有,无所不有。"

除了围棋之外,女儿还喜欢古筝、书法、绘画,皆习练多年。我对她说,做自己喜欢的事,有微小的坚持,把每一件小事做好,做到极致,也是一种成功。

我认为孩子在上高中之前,只要形成良好的习惯,合理利用在校的时间,对于学习就足够了。业余时间,不如多接受艺术熏染,以怡养性情,丰盈自己的内心。

在风清月朗的夜晚,弹一首好听的筝曲,或是铺开纸墨,临几张颜体小楷，再或者即兴挥毫，画竹画梅画鸟画鱼。如此清雅美好的生活，本身就是一阕词、一幅画、一首歌。

女儿还特别喜欢旅游，自她两岁多起，我每年都会带她到各地走走。

我们去过椰风轻吹的海南岛，到过瓜果飘香的新疆，游历过古色古香的丽江，奔跑在北戴河的沙滩上……体味到路途的辛苦，也收获着简单的快乐。

有同事劝道，带孩子跑那么远，费钱又费时，何况去了也白去，等小孩子长大后，留不下太多印象。

我听了笑笑，却不认同他的想法。城市里的孩子，很少有机会亲近自然，这是很大的缺憾。女儿为此闹过不少笑话，比如她以为马铃薯长在树上，珊瑚是一种水草……

在旅行中，女儿认识了许多新事物，学会了观察和思考，同时变得独立、坚强。

记得那年她刚三岁，我带她去开封的清明上河园，进到园中，连续走了三四个小时，她有些疲累，我提出要抱她，她摆手说："妈妈也累，咱们歇会儿再走吧！"

她躺到长椅上睡了会儿，醒了后坚持自己走。那天的出游中，她愣是咬着牙，走完了全程。

她十三岁那年，我们去新疆的库木塔格沙漠，连续翻越了两座沙丘，竟迷路了。阳光火舌般灼烤着，这时带的水只剩小半壶，女儿嘴上干得起了泡，却把水壶递给我说："妈妈，你留着喝吧！"

我紧紧抱住她，眼泪哗地淌下来。后来我们靠着带的一个指南针，走出了沙漠。每每想起那个瞬间，我总会心头一暖，眼中泛起湿潮。

《小窗幽记》中有言："观山水亦如读书，随其见趣高下。"女儿从自然怀抱中、山眉水目间，学会推己及人，为他人着想。这使得她无论走到哪里，都有着极好的人缘。

女儿一向乐观自信、宽容平和，有一颗喜悦、宁静且充满爱的心。在这样的心态下，她勤学善思，在班上成绩还不错，并顺利考上市重点高中。

山水是一本大书，每一页都是一个故事、一段记忆。当然，最好的山水在心中，读读闲书，抚琴下棋，看月问花，将清浅的日子叠进诗行里。

在快节奏生活的当下，很多传统的东西正逐渐被消解，被替代。然而，亲爱的孩子，永远记得别只顾低头赶路，偶尔让心灵慢下来，再慢一些。

要知道，那些看似无用却美好的事物，和阳光、空气一样，是生命中不可或缺的滋养。总有一天，会成为你内在气质的外化，是你面对生活的底气和勇气。

给平淡生活以救赎

◎王国梁

"文学是照进单调贫乏生活中的一束光,是对平淡生活的救赎。"作家蒋勋如是说。我们需要救赎的,不仅仅是苦难和痛苦的生活,平淡的生活也需要救赎。

人们常说,平平淡淡才是真,但很多人所谓的平淡生活,不过是一成不变的刻板生活。这样的生活,僵化枯燥,死水一样,人在这样的生活中麻木着,一天天重复着毫无新意和价值的日子,生命几乎成了静态的。这种生活,带来的不是宁静的心态,而是更容易生出的怨气和戾气。我们身边有的人,困顿在重复的日子里,郁闷烦躁,于是无聊生事,踢邻居家的狗,踹流浪的猫,践踏身边的草坪,甚至动不动就与陌生人吵一架,通过伤害周围的物和人来制造点波澜,引起点关注,变成无聊、无趣、无德的人。

这样的所谓平淡生活,真的需要救赎。平淡容易滋生出无聊,无聊容易滋生出事端。如果我们能够把平淡生活打点得多姿多彩、有滋有味,充分享受生命的趣味和美好,整个人所散发出来的就是积极阳光的正能量。人人都能微笑着面对世界,世界就是和谐的。

给平淡生活以救赎，把生活当成一条流淌的小溪，翻几朵漂亮的水花才更有趣；把生活当成一面美丽的花墙，有几点漂亮的点缀才更诗意；把生活当成一座葱茏的春山，有几棵绚烂的花树才更有韵致。

给平淡生活以救赎，关键在于"情趣"二字。人生这么长又这么短，一定要与情趣相伴，才能让每一个日子都生动起来，明丽起来。有情趣的人，是生活的艺术家，也是了不起的哲人，他们最能看透生命的本质。如果不能过得愉悦和幸福，生命就是干瘪空泛的，没有价值的。古人以竹为伴，与梅为友，都是为了让生活富有情趣。

明末清初的文学家李渔的《闲情偶寄》，记述了他的情趣人生。李渔算得上是个生活达人，他经常搞一些小"发明创造"，什么夏天的凉凳、冬天的暖椅等等。他还在墙上的巨幅花鸟画中画鸟的地方挖了个洞，里面再放上一群真鸟。这样，观赏花鸟画，会看到鸟是活的，妙趣横生。他在树上题诗，他制作"梅窗"……平淡生活，被他经营得活色生香。另一个把生活过成诗的人，是清代文学家沈复的妻子芸娘。《浮生六记》中记述的芸娘，性格恬淡，崇尚自然，富有生活情趣。沈复与芸娘谈诗品画，植草种花，烹饪菜肴，在平淡的生活中经营着一份文雅和精致。平淡生活，也可以像花开一样曼妙。

如果你愿意，同样也能给平淡生活以救赎，给自己一份雅致和诗意。我们小区里有个中年男人，看上去很粗糙，却是个有诗心的人。他在小区的空地上种花种草，架丝瓜藤，搭葡萄架，凡是可以利用的土地都被他利用了。他并不在乎收获多少，用他自己的话说，就是要活得接地气儿。

爱上一两种艺术形式，文学、音乐、绘画等等，艺术世界的丰富多彩会让你平淡的日子丰盈生动起来。多读书，学会思考，钱锺书说过，如果不读书，行万里路，也只是一个邮差。同样的道理，如果你不懂得情趣，生命再长，也只是一具乏味的躯壳。另外，我认为"情趣"的"情"可以理解为亲情、友情、爱情，这些都是生命中不可或缺的，可以让我们平淡的生活饱满而富有生趣。

给平淡生活以救赎，会让我们摆脱平庸无聊、低级趣味、冷漠麻木，成为一个有血有肉的人，过上有滋有味的生活。

美器盛花

◎青　衫

非常喜欢书法，前一段时间习练过，后来因为工作繁忙暂时搁置下来，但是家里的笔墨纸砚还一直保留着，想着哪天有空能再铺开宣纸拿起毛笔。

那个淡绿色的笔洗，外表清雅，浮凸的荷花若隐若现，是我爱极了的器物，如今空落落的，很是寂寥。

如此美器，除了盛水，还有何用？忽见厨房里买来很久未食的萝卜，干瘪得糠了心，头部却长出了嫩绿色的枝叶。自己糠了心，却滋养出了另一番新意，令我啧啧称赞。看着眼前这一抹青绿，忽然不忍丢弃，脑子里迸出空落落的笔洗来。遂切下顶端放入笔洗，再加些清水滋养起来。

我很少在家里养花，一是没有耐心，二是怕养不好辜负了花的美意。没想到这次随意的一个举动，让我拥有了一段惊艳的时光。

萝卜花被我放在厨房的窗台上，两三日换一次水，待它吸足了水分后，枝叶越发鲜绿。只要一点点水，生命力就如此顽强，激发出了我的兴趣。笔洗是敞口的扁平器物，萝卜花随形而生，发育得张牙舞爪没有章法，我美其名曰"放养"！可是却独独有一枝笔直地生长,目不斜视,被我称为"学霸"。半月有余,"学霸"果然不负我心,顶端开出白色的细碎小花,淡黄色的花蕊,秀雅清丽。我凑上去用力闻,才隐隐闻到一丝的香甜,这"矜持"的香气,比浓郁、热烈更具情调。

到了此刻,萝卜花已经不仅仅是一株绿植,而是与淡绿色的笔洗相映成趣,成了家里一件重要的摆件。赏玩它成了最惬意的事情,忽而摆在书案上,雅;忽而摆在茶几上,韵;忽而又摆在餐桌旁,趣!朋友来家里,无不对这小小的萝卜花喜爱至极,纷纷表示回家也要养上一株,甚至有个朋友说也要去买个同样的笔洗来衬托它。

其实生活中的美和雅并不需要奢华,家庭陈设品就是通过物表达思想的一种方式,它间接地反映出主人的生活态度,与收入无关,与心态有关。一个内心丰富的人,表露出来的却是简约质朴。人淡如菊,才能将名利虚荣抛却一边。

再精彩的剧集都有落幕那一刻,我心爱的萝卜花也如此,在温柔了我一段时光之后,它仿佛完成了使命,离我而去。

一个普普通通的萝卜,开出的花,也是普通的。可是如果放对了地方,盛放的姿态也可以很特别,也可以远胜于金枝玉叶的美。

时光的温度

◎马亚伟

朋友喜欢摄影多年，留下了很多珍贵的作品。他让我为他的摄影集取个名字，我默默地翻看这些经年的摄影作品，回忆着往昔岁月，脑海中忽然冒出几个字——"时光的温度"。朋友拍手称好，说这个名字正契合他的初衷，当年他爱上摄影，就是为了把生命中带有温度的片段留下来。

时光本身是没有温度的，是人的经历，赋予了时光温度。过往时光，温情或者微凉，火热或者冰冷，此岸花开或者彼岸花谢，良辰美景或者满目苍凉，都留下了人生冷暖的印记。往事如尘烟，如果不能留下些什么，可能早就散得无影无踪了。记录生命中的种种片段，定格时光，留下永恒。此去经年，再次触摸曾经的带着温度的往事，我们的指尖和内心依旧能感知其中的冷暖。

你感受到时光的温度了吗？时光的温度，是我们留下的喜怒哀乐。一路的欢声笑语或者一声叹息，都被时光记录在案。每个人的时光，都有不同的温度。即使你我拥有相同的时光，生活也有可能赐予我们各异的命运，而命运又带给我们不同的冷暖体验。记得我们毕业十年聚会，大家感慨丛生，纷纷回顾自己十年的历程，有人十年辉煌，有人十年平淡，有人十年辛酸……人在俗世的海上飘着，不知道会遇到什么。再纵向看，谁的人生也不会永远温暖，谁的人生也不会永远冰冷，无论怎样，来的尽管来吧，感受时光带给我们的各种感受。大家还纷纷预测，再过十年会如何，可能有的人命运会发生反转，体验冰与火的不同境界。所谓人生，其实就是经历，而经历，留下了时光的温度，带给我们或暖或冷的体验。唯有如此，人生的内涵才能够深厚，人生的外延才能够拓展，生命才得以丰富而广阔。

世事浮沉，岁月冷暖。时光留温，人生有味。"十年生死两茫茫，不思量，自难忘"是苏轼的哀伤，"桃李春风一杯酒，江湖夜雨十年灯"是黄庭坚的感慨，"常记溪亭日暮，沉醉不知归路"是李清照的喜悦，"背灯和月就花阴，已是十年踪迹十年心"是纳兰性德的伤感……往事依稀，旧梦从未凋零，每每忆起旧事，眉梢心头的冷暖依旧那么真切。时光真的是有温度的，人生起落，如同寒暑变迁，总会让生命呈现不同的状态。

"岁月静好，现世安稳。"我一直觉得，"静好"和"安稳"是最佳的生活状态。时光留下的冷暖相宜的温度，不冰冷，不火热，那种温度能够带来最舒适的感觉，我们不会觉得冷，也不会被灼伤，一切都那么浓淡有度，张弛恰当，是最从容的状态。可是，静好和安稳有时只是美好的憧憬和祈愿。谁的人生能永远静好安稳？人人都有可能遭遇人生的冷雨寒潮，都有可能体验到透心凉或寒彻骨。即使如此，生命也是值得珍惜的。

只有一种色彩的人生是单调的,只有一种温度的人生是乏味的。时光的温度计能够测出曲线状态,才是生活的本来面貌。即使周遭冰冷,我们也要保持内心的温暖,努力朝着阳光的地方前行。走过寒流,一定能迎来春暖花开。没有冰冷哪能感受到温暖的幸福?体验过冰冷更能珍惜温暖。时光留温,冷暖交替,这才是人生的魅力所在。

旅行的乐趣在途中

◎积雪草

那时候宁宁还小，五六岁的样子，剃了一个小光头，前面留一撮略长点的头发，看上去有些古典的范儿。他活泼，调皮，一副人见人爱的模样。和他一起出门旅行，他总会在我耳边不停地聒噪，什么时候能到啊？还有多远啊？怎么还不到啊？急死人了！真是太远了！真盼着能快点到！

他的问题太多了，他的每一句话后面不是问号就是叹号，加重语气只是强调他内心的焦急，太多的问题，打得我措手不及，想不到五六岁的小人儿还是个急性子，眉头紧锁，不停地在那儿走来走去，一副忧国忧民忧天下的样子，让人忍俊不禁。他的想法很单纯，出来玩儿就要直奔目的地，那是他的终极目标，至于在路上，至于过程，仿佛都是无关紧要的事儿，甚至成了负累，在路上磨蹭掉的时间仿佛都浪费了，若能省略掉最好。

我摸了摸他的头笑了，他和我小时候简直一模一样，想问题不会拐弯，去哪儿，目的地最关键，至于怎么"去"这个过程，已经被排除在去之外。岂不知旅行不仅仅只包含一个目的地，也包含了去的路上。

我跟他说，出来玩儿，任何一个环节都很重要，我们的乐趣不仅仅是终点，过程也很重要，点点滴滴的乐趣都在旅途中。他摇摇头说，我不要在路上，我只要去那个地方。

我哭笑不得，不在路上，怎么能到达地方？哪怕是飞，这个过程能省略掉吗？我想了半天，不知道该怎样跟他解释，我知道，跟一个如此小的孩子说如此深奥的问题，他肯定不会懂，好在他并没有就这个问题一直纠缠下去，很快就换了一个兴奋点，和旅行中的陌生人——另外一个和他年纪相仿的孩子，玩成一团，疯成一团，乐成一团，再没有闲心纠缠这些令我头痛的问题。

不管是坐火车还是汽车，不管是坐飞机还是轮船，不管是背包族还是自驾游，旅途中的风景永远都是最精彩的，天南地北的旅人，操着不一样的口音，南腔北调汇成一勺，闲侃风俗人情，闲聊五谷人生，热热闹闹，快意自然。不喜欢热闹的人，可以自成一家，自己欣赏自己的风景，自己品味自己的人生，看花开，看草绿，看雪山，看大海，在陌生的人群中体会自己的孤独，体会不一样的滋味。

离开熟悉的地方去远方，不一样的山水人文地理，给我们不一样的视觉冲击，给我们不一样的心理感受，给我们不一样的人生感悟，那是我们爱上旅行的理由。德国作家歌德曾经说过："人之所以爱旅行，不是为了抵达目的地，而是为了享受旅途中的种种乐趣。"

出门旅行，其实去哪里并不是一件很重要的事，重要的是在路上,是旅行的过程,用美好的风景洗涤我们的眼睛,洗涤我们的心灵,回归自然,宁静抱朴。用一双美好的眼睛,一颗美好的心灵,发现并回归生活,捕捉不一样的感受。

我想说,其实旅行的过程和人生的过程有点像,都是一直不停地往前走,用心体味沿途的风景,等到风景都看透,人生也就抵达终点。

终点是我们不得不去的地方,不管是旅行还是人生,到达终点就意味着这段行程结束了,可是我们不能因为惧怕终点而停滞不前,也不能因为留恋沿途的风景而不愿意抵达终点,因为人生不以我们的意志为转移,我们能做的,就是走好每一步,细细品味沿途的美丽景致,不管途中会发生什么,等待我们的是什么,都要以积极的心态待之,不后悔,不抱恨,就是最好的人生。

旅行的乐趣在途中,人生的乐趣也在途中,我们一直不停地走在路上,让我们在旅途中慢慢咂摸生活,品尝生活赐予我们的一切美好和不美好。

向内走

◎ 韩 青

诗人大解的一首诗叫《向内走》，诗云："我曾不止一次寻找道路／试图走向远方／而实际上，一个人走遍天涯也离不开自身／倒是回归自我者获得了安宁／因此我决定，向内走／也许穿过这个小我，就是众生。"这就是作家穆涛所说的"内装修"。

在这个越来越浮躁、功利的时代，向内走，不失为明智之举。可是，很多人把精力和时间放在对名利的追逐上，对利益的算计上，对对手的报复上，等等。一言以蔽之，一切以物质方面的内容为核心。显然，这是典型的向外走。作家韩少功说过："一旦人们能用物质手段来保护自己，精神也许会变得累赘。"他选择的就是向内走。当年，上边有关单位邀请他去任职，据说是很大的头衔，他就是不去。他喜欢的，不是什么头衔，而是自由地写作，并在写作中，"诗意地栖息在大地上"。

澳大利亚作家帕特里克·怀特也是这样的人。1973年的一天，他被宣布荣获该年度的诺贝尔文学奖，当时他正在农场干活，闻讯而来的记者蜂拥而至，他却对记者们一摆手，说道："诺贝尔文学奖不会使我的生活有任何改变。"说完，拎着钓竿，钓鱼去了，留下一大堆记者目瞪口呆地待在那里。

不难看出，他们这些人，追求的都是精神方面的内容，跟那些名利、财富、美色之类无关。就是说，他们的内心很纯粹，犹如清泉，没有任何杂质。可是，一旦有了杂质，人就会变了。史书上记载：有个翰林，他的一个朋友在地方上任职。有一天，他给翰林送来一些礼物，而翰林却说自己生平节俭朴素，一向不要这些东西。他见翰林清高冷峻态度坚决，于是就尴尬地带走了礼物。可是他一走，翰林就在厅堂里走来走去，满脸写满失意，家人喊他吃饭，结果他却大骂一场。可见，当非分之想氤氲在心里，人就会很痛苦，进而那非分之想会愈加膨胀。

说实话，追求物质方面的内容，人容易变成物质的俘虏，就会重利轻义、见财忘义。就是说，在他们的世界里，物质成了一切的衡量标准。当然，必要的物质基础还是要有的。

因此，向内走就必须保持内心的洁净。就像易燃品容不得一星火花一样，因为"星星之火，可以燎原"。冯梦龙笔下有个得道高僧玉通禅师，品行端正，当时，临安府尹柳宣教上任，他没去迎接，这让柳宣教极为不满，为了报复他，柳宣教派一名女子去勾引他，他也没有想那么多，结果就犯了色戒。多年的修行毁于一旦。这就说明：一个人一旦在道德上打了一个缺口，哪怕很小，"差之毫厘"，也会"谬以千里"。

《阅微草堂笔记》里记载的平姐却懂得这个道理。有一天，她出去买东西，有个小伙子挑逗她，她怒骂了一顿，就回家了。晚上她插上房门就寝，那个小伙子忽然从灯下钻出来，她知道那是妖怪，也不惊叫，也不和他说话，只是手里拿着一把剪刀，那小伙子也不敢近前，只是站在旁边，千方百计地劝诱她，而她就当什么也没发生。后来，那个小伙子走了，可是，过了一会儿又来了，拿来几十件金银首饰，放在她的床上，然后，又走了，快天亮时，他突然出现，说道："我偷偷看了你一个通宵，你竟然没有拿起来看一下。一个人到了不能用钱财打动的地步，那么不情愿的事，就是鬼神也无法勉强她。"

　　看来没有过硬的德行，还真的不行。我们得有做人的原则、底线。美国长篇小说《根》的主人公给我留下了深刻的印象：他一次次逃亡，宁愿被抓回来遭受皮开肉绽的毒打，甚至不惜冒着被吊死的危险，也绝不接受白人奴隶主给他的英文名字，而他一如既往地用非洲母语称呼自己：昆塔。这说明：一个人得有强大的支撑，否则，他就不能应对各种棘手的考验，而这个支撑就是德行。

　　哲学家冯友兰认为人生的境界依次是自然境界、功利境界、道德境界和天地境界。我们向内走，其实，就是不断地提高自己的境界，不断地升华自己，让自己变成最理想的那个人。

独一无二

◎鲁先圣

《世说新语》中有一个故事：东晋名士殷浩与桓温齐名，桓温常有竞心，每每要与殷浩比较高下，殷浩曰："我与我周旋久，宁作我。"

这是什么意思呢？

东晋时的桓温与殷浩自幼就是好友，但是两人又各不服气，成人以后各有建树。桓温战功赫赫，升任到大将军，相比之下，以清谈闻名的殷浩就差了不少。桓温是强悍的实权派，靠武力建业，而殷浩是颇有名士风度的清谈一流，言辞过人，属于文人从政。但是，当时人都把他俩比作管仲、诸葛亮。桓温总想压倒殷浩，后趁着殷浩北伐失败的契机，上疏将他贬为庶人。桓温甚为得意，就问殷浩："现在与我相比，你不行了吧？来学习我，努力向我看齐，做我这样的人吧。"

殷浩听了桓温的话之后，平心静气地说："我和我自己来往已经很久了，我还是宁可做我自己。"

汪曾祺先生很欣赏这句话，晚年的时候说："我与我周旋久，宁做我。""我与我比，我第一。"

汪曾祺先生在一篇文章中对此的论述更加精彩：杜甫不能为

李白的飘逸，李白也不能为杜甫的沉郁。苏东坡的词宜关西大汉执铁棹板唱"大江东去"，柳耆卿的词，宜十三四女郎持红牙板唱"今宵酒醒何处，杨柳岸晓风残月"。

"我与我周旋久，宁作我"这样振聋发聩的文字，足以让任何一个思考者凭栏沉思。我们有多少人在做自己喜欢做的事？有谁能够沿着自己认定的路一直走？有谁能够不羡慕他人，不仰人鼻息，不刻意模仿别人？

谁都有自己的优势和长处，你羡慕他人，按照他人的路走，就是放弃了自己的长板。

我想，古希腊的哲学家苏格拉底那句著名的发问"我是谁"，也一定是在做这样的思考。

世界上，每一片树叶都不相同，每一个人都是独特的自己，珍惜自己，把自己做好了，我们一定会成为世界上的"独一无二"。

榉木 橡木 樱桃木

◎李良旭

父亲是一名木匠,在十里八乡很有名气,找父亲打家具的人很多。童年时,每当父亲要出去给人家打家具的时候,总是带着我。我的童年就是在刨花的馨香中长大的,简单而快乐。

我喜欢拿起父亲锯下的各种小木头,当积木搭着玩。有时找到像小手枪、小动物这样的木头,更是喜不自禁。

看到父亲打出一件件精美的家具,我就想跟父亲学木匠手艺。可父亲总是说,你现在还小,要好好上学,等你长大了,我会教你木匠手艺的。

十七岁中学毕业的时候,我又一次对父亲说起我想跟他学木匠手艺,父亲终于答应了我。我高兴极了,心想,这下我终于可以学木匠手艺了,学会了锯、刨、砍、量,用不了多久,我也能像父亲一样帮人家打家具了,那是多么光荣和自豪的事。

我拿起一把刨子,对父亲说道:"您先教我刨木头吧。"

没想到,父亲轻轻推开我的手,拿出三块木头,对我说道:"先不用忙刨木头,我先教你认识一下这三样东西。"

我"扑哧"一下笑出声来,说道:"爸,您这是怎么啦?这是三块儿木头啊,我早就认识了。"

父亲说道："你仔细看看，这三块儿木头有没有什么区别？"

我拿起木头，将三块儿木头看了看，说道："这三块儿木头没有区别，都是一样的。"

父亲收敛了笑容，说道："这三块儿木头根本不一样。你看，这块儿木头上有着淡雅的木纹和色泽，厚实且坚固，叫榉木，在我国明清时代被广泛应用于做家具；这块木头树心呈黄褐色，生长轮明显，质重且硬，叫橡木，适用于装潢用材；这块儿木头含有棕色的斑点，纹理细腻、清晰，干燥后尺寸稳定，性能好，叫樱桃木，适用于做乐器、木雕、地板和家具。"

听父亲这么一说，我不禁大吃一惊。在我眼里，这几块儿木头都是一样的，没想到，这几块儿木头却各不相同，各有各的取材价值。

我开始学习如何辨认这三种木材。整天辨认这几种木头，我感到很枯燥、很乏味，有时也想偷偷地学着刨下木头，父亲看见了，严肃地问道："那三种木材已经认识了吗？"我听了，赶紧走到一边默认这三种木材去了。

三个月后，父亲对我进行考核，感到很满意，终于允许我跟他学木匠手艺了。

几年后，我出师了，我也像父亲一样，走街串巷给人家打家具了。时光好像又回到了从前，我又闻到了童年的刨花香，心里甜丝丝的。

干了一段时间后，我感到那十里八乡的地方好像太小了，已容不下我跃跃欲试的心,我很想到外面去闯一闯,看一看。父亲得知我这一想法后,拍着我的肩膀说:"你这个想法很好,不要总是重复父辈的老路,年轻人就应该到外面去经风雨、见世面,这样才能更好地磨炼自己。"

得到父亲的肯定,我心里一下子感到踏实了。离开父亲时,父亲送给我三块儿木头,他意味深长地说道:"这三块儿木头,一块儿是榉木,一块儿是橡木,一块儿是樱桃木。你是一块儿什么样的木材,一定要清楚,这样才能更好地打磨自己。"

我带着父亲送给我的三块儿木头,背着包袱,外出闯荡去了。在城里,我吃过许多苦,干过许多事。每当我感到心灰意冷的时候,就会拿出那三块木头,一边仔细看着这三块儿木头,一边对自己说:"你应该脚踏实地,干好自己力所能及的事,不要好高骛远,这山望着那山高,这样才会认清自己,活得清楚。"

许多年过去了,我身上一直揣着这三块儿木头,常常看看这三块木头,它们使我多了一份清醒、一份警示,也给了我一种信心和力量。我想,有时我们之所以感到痛苦和沮丧,就是因为分不清自己是榉木、橡木,还是樱桃木。

自己不扬帆，没人帮你启航

◎朱荣章

凡是看过《动物世界》的朋友估计都知道，不奋斗，等于死亡。尤其是那些老弱病残，自己不努力，不强大，弱肉强食会瞬间发生，它们甚至连一根白骨都难留下，转眼间就会被那些"胃内具有强酸"的家伙化为它们的能量。

这不是危言耸听，而是大千世界的生存法则，也叫自然规律，它容不得任何人哭天抹泪，更不允许任何人在它面前胆怯。大自然不接受懦弱，不相信眼泪，它喜欢强者，尤其是喜欢獴獾那样心理强大的强者。它们面对比自己身体强大十几倍，甚至是几十倍的雄狮群，也敢奋斗敢去搏，并且往往是小小的獴獾大战群狮却完胜……

这些说明了什么？说明奋斗就有希望，不奋斗就是自取灭亡。谁奋斗，谁就抓住了希望，起码是证明了自己不是平庸之辈。

其实，众所周知，和勤奋的人在一起，你自然少了一些懒惰；和颓废的人在一起，你就情不自禁地跟着消沉。事实上，不管是多老的老人，还是多年轻的朋友，不管是男的，还是女的，凡是成功者，皆是心理强大者、不断奋斗者、强者！

关心国际形势的人一定会依稀记得那个与特朗普共同

角逐美国总统的家伙——他叫迈克尔·布隆伯格（Michael Bloomberg）。角逐总统败下阵来是常事，不足为奇。他为什么败下阵来，也不是我们讨论的话题，更不是热门话题。真正值得我们热切关注，并且继续热切关注的是这家伙怎么从一个穷小子，特别是从他三十九岁失业后基本上家徒四壁到干到了四百八十亿美元身家，还当了十二年市长。他靠的是什么？还是四个字："不懈努力！"他说："我起初和别人一样一无所有，但是我凭自己的努力出人头地。"有报道称，布隆伯格先生继承了他母亲的处世态度："尽你最大的努力做你能做的事，然后继续做下一件事。"

中国的很多人凭自己的不懈努力充实了自己，让自己从一个成功走向另一个成功，给我们立起了标杆；外国的诸多人士也同样用这四个字，把自己从一文不名推向了一个个辉煌，我们这些"旁观者"何不放下身段放手一搏？

当然，我们放手一搏要把握准方向，如果乱搏，会适得其反！

记住：自己不扬帆，没人帮你启航。

德国人的认真

◎孙庆丰

二十年前,一位来自德国的太极拳爱好者托马斯,慕名找到我国著名太极拳师李大师拜师。托马斯一见到李大师,当即就双膝跪地,用一口不太流利的汉语请求李大师收他为徒。

熟悉李大师的人都知道,他收徒的条件极为苛刻,可谓宁缺毋滥。如果没有十二万分的虔诚,没有良好的体质,没有很高的悟性,纵然你认为自己是一匹千里马,却依然很难得到他这个伯乐的赏识。

托马斯的虔诚心倒是十足,体质也很健壮,但就是悟性不高,这一点非常致命。习武之人如果没有很高的悟性,将所学知识融会贯通,活学活用,别说将来有所创新了,就是发扬光大也很难。

李大师摇摇头,对托马斯说:"你走吧,现在太极拳在中国正日渐普及,街心花园里有的是太极拳爱好者,你去和他们学一学,能达到强身健体的目的就行了。至于想做太极拳传承人,你的悟性不足以让你担此大任。"

托马斯见状,辞别李大师就匆匆走了。谁知一年之后,托马斯再次来到李大师面前,请求收他为徒。与上次不同的是,托马斯这次回来汉语水平提高了很多。李大师好奇地问:"你不是走了吗,怎么又回来了?"

托马斯说:"我没有走。上次您考我的问题我之所以答不上来,不是因为我的悟性不高,而是因为我的汉语不过关,对中国的太极拳历史了解得也不够全面透彻。我这一年在北京专门学习汉语,也读了不少有关太极拳方面的著作,请大师重新考我,再给我一次机会。"

"一年?一年的时间就算你不吃不喝不睡,对于博大精深的中国文化来说,你托马斯又能学到多少东西?"李大师心存疑惑。可当他考问托马斯时,却让他大吃一惊,托马斯不仅每个问题都能对答如流,而且还有自己对太极拳独到的见解。

君子一言,驷马难追,何况还是中国著名的太极拳师,说出去的话就像泼出去的水,不能言而无信再收回来了。就这样,托马斯拜师成功了。拜师成功后的托马斯,学拳十分用功,用李大师的话说,托马斯持之以恒的毅力,比他那些国内的徒弟都要惊人。

这一年里,学拳,读书,交流心得,托马斯把每天的生活都安排得井井有条。有时一个姿势,托马斯能整整保持一天,滴水不进,饭也不吃。李大师问托马斯短短的一年怎么就把基本功练扎实了,托马斯说,他每天清晨都要在北京的一些街心花园里观摩别人练习太极拳,如果遇到一些有实力的高手,就观摩得更仔细些,晚上回到宿舍再反复练习。

"哦，一边学习汉语，一边研读太极拳著作，还要观摩并习练太极拳，你每天睡几个小时？"李大师问。"四个小时，虽然这一年吃了不少苦，但想起要拜您为师，就不觉得苦了。"托马斯回答李大师时，看到师父的眼睛里亮晶晶的。

托马斯回国后，每天都要打一个越洋电话问候师父，继而又问哪一套拳法哪一个姿势应该怎么做。师父问："你工作那么忙，每天都坚持练拳吗？"托马斯说："中国不是有句古话叫'学习就像逆水行舟，不进则退'吗？我没有过目不忘的本领，也不能每天与师父见面亲自请教，所以就只能在电话中麻烦师父了。"

麻烦？对于勤奋好学的徒弟，这世上哪一个师父的心里会觉得麻烦，他高兴还来不及呢。待一年后托马斯再来到中国，一招一式居然练得丝毫不差，在推手时，居然把入门较早的一位师兄给推倒了。

师兄不服，再来。再输。师兄向师父抱怨："当初您不是说托马斯悟性不高吗，我看他悟性一点也不低。"师父说："托马斯的悟性的确不高，但他做事比你们任何一个人都要认真。为师有个问题这么多年也没搞明白，我一直认为人的悟性是天生的，却忘记了'勤能补拙'这句良训。人啊，只要认真，就没有做不成的事！这世上哪有那么多天才，许多大成就，不都是普通人通过后天的认真努力完成的吗？！"

第二部分

越努力,越幸运

无我之境

◎程应峰

有一次，朋友来看他，刚到门外，就听见里面传出激烈的争吵声："坏蛋！我要给你好瞧的！"声音激昂、愤怒，令人震撼。当这位朋友推门进屋时，发现只有他一个人。原来他正在描写小说中的一个人物，这个人物狠毒狡诈、卑鄙龌龊，他写着写着就不禁大声怒斥起来了。

另一次，他伏案写得入了迷。一个朋友来拜访他，见他专心致志，不忍打搅，就坐在一旁耐心等待。吃午饭的时候到了，仆人给他端来午餐，他视而不见，仍然埋头写作。这位朋友误以为是招待自己的，于是毫不客气地把午餐吃光了。又等了一会儿，见他还是目不旁视，手不停笔，就悄悄地离开了。他又写了好一会儿，感到肚子有些饿，才搁下笔来找饭吃，发现桌上的餐具都已用过，便自责起来："真是个饭桶，吃了还想再吃！"说完，又继续他的写作。

为了消除紧张写作引起的疲劳，他外出散步。为了不使来访者久等，他用粉笔在大门上写了几个大字："主人不在家，请来访者下午来！"他一边散步，一边思考着小说中的人物形象和情节，待思考成熟，便转身回家。来到家门口正要推门，忽然看见门上的粉笔字,就叹了口气,很遗憾地说:"唉,原来主人不在家啊!"说完,就转身走了。晚上,他睁眼躺在床上,构思小说。恍惚间,看见一个人轻手轻脚走进了他的房间,企图撬开写字台的锁,他不由自主地笑出声来。小偷听见他的笑声,一点也不惊慌,以为他在做梦。"你笑什么?"小偷嘟哝道。"亲爱的朋友,"他说,"我是在笑你受这么大的罪,冒这么大的风险,想在主人大白天都找不到钱的地方找到钱。"小偷听罢,禁不住也笑出声来,退身而去。

相传,他有一项特别的才艺,可以根据一个人的笔迹,准确无误地说出此人的性格特征。一天,他的一位女性朋友给了他一份一个男孩的手迹样品,说很想听听他对这个男孩的评价。他仔细看起了样品,研究了几分钟后,用异乎寻常的目光望着这位女士。女士告诉他,这个男孩子与她非亲非故,尽管对她讲实话。"很好,"他说,"跟你实话实说吧。这个孩子既粗心又懒惰,必须严加管教。否则,就会给祖先丢脸。""这真是怪事了,"女士微微一笑,"这笔迹是从你小时候的作业本里弄来的呀。"

他也有受困扰的时候。一天,他遇到一位老朋友。一见面,老朋友就滔滔不绝地称赞他最近出版的一部新书。"唉,我的朋友,"他感慨地说,"我是多么羡慕你呀!""为什么呢?"朋友茫然。"你不是此书的作者,想怎么说就怎么说。可对于我来说,一出书就感到束手束脚,自夸吧,太难为情;自责吧,没人会相信;沉默不语呢,人家又嫌我傲慢。"

这个倾心写作,趣事糗事烦心事均不少的作家,名叫巴尔扎克。虽然他只活了五十一岁,却创作了近百部小说,其数量之多,在世界文坛上实属罕见。他之所以能取得这样的成就,是因为他一旦进入创作状态,就会全神贯注,无我忘我,不知身在何处。

创意绿植，给你一个春天

◎任天军

走入这家小店，葱郁的绿地，迷你的森林，蹦跳的小鹿，滴露的蘑菇，龙猫多多洛，神秘的蓝精灵村，栩栩如生地呈现在一个个晶莹剔透的玻璃瓶里，你一下子就像走入梦幻般的童话世界。可这不是幻觉，它是徐立广在北京创设的"水木三秋"创意绿植店。

徐立广生在北京，从小随父母下乡插队，在山野长大，后被送回北京，1998年考入清华大学经管学院，毕业后进入咨询行业，一干就是七年。在别人眼中他的事业是辉煌的，可徐立广知道自己有多苦多累，每天忙得像陀螺，天天担心被超越，就像被生活追着往前赶，心里总像是缺了点什么。好多个午夜梦回，徐立广常常回到小时候的山野，自由奔走各处，端详着那些生机勃勃的绿植之时，心里就像开了花一样快乐。

一天，徐立广来到附近山上旅游，一番尽情的玩耍后，在河边一个山洞里，他发现了一些苔藓。他忽然想起小时候光脚踩在苔藓上的柔顺光滑，揉得脚底痒痒的，好一阵欲仙的惬意。而洞中的苔藓，茵茵的一片绿色，摸上去一片绒绒的质感，闻起来有一种雨后森林般的清新味道。徐立广喜悦至极，就选了几块带回了家。这时,他也终于知道,自由和回归自然,找回自己的天性,才是自己想要的。不久,徐立广便决心离职开鲜花店。

考察时,在一本国外的设计书上,徐立广又恰好看到一款鲜花与苔藓搭配的花盒,很有创意和新奇感。源于一直对苔藓的喜爱,徐立广遂采购了一些野生苔藓,开始着手进行试验。苔藓比较好管理,而与鲜花一搭配,就会产生不同的景观,给人耳目一新的美感。想到能将自然气息从乡间、山林带到钢筋水泥的城市,让疏于追随自然的人们,在家中和办公室案头,就能与复苏的苔藓一起感觉生命初始的气息,让劳累疲乏随那一抹绿色顿时消逝于无形,徐立广觉得这创意简直妙不可言,便立马在北京开了一家植物店,取名"水木三秋":水木象征生命,三秋象征时光——他希望水木三秋在生命中能陪伴大家度过一段美好时光。

万事开头难。因为没学过技术,没有人脉和销售经验,徐立广只好从基础做起,在通过读书和网络学习提高技术的同时,还要思考设计各类苔藓盆栽。每天从早到晚,徐立广一次次地设计草图,再将苔藓、多肉植物、篱笆、沙石、可爱的卡通人物、动物小模型组合装进瓶子里,试图构成妙趣横生的场景。在一次次的摸索中,植物死了,徐立广继续试验;植株死而重生,他在惊喜中更加坚定信念。在不断试验和耐心的呵护与等待中,徐立广培育的盆栽越来越多,小店的生意也在口耳相传中一天天好起来,一开始只在周围售卖,不久开始在淘宝上销售。

为了解决包装问题,徐立广进行定制,要求包装盒抗挤、抗压、抗摔等。而为了谨慎，徐立广会对每个纸盒进行测试，只有合格的才能被采用。在盆栽形态上，除了苔藓、鲜花、多肉植物、绿植等自然元素的基本组合外，徐立广还选取电影《龙猫》中的多多洛、动画中的蓝精灵等形象做新元素，创造吸引年轻人的新产品。除了提供各种景观成品和养护说明外，徐立广还为顾客提供多种DIY产品，根据顾客对产品的要求，将所需的苔藓、绿植、配饰、制作工具及产品说明书等全套"零件"快递给顾客，让顾客自己按操作步骤"组装"完成。徐立广还承诺养死的植物20天内都可更换，其他任何养护问题，都可以通过电话、私信进行咨询。

  创意绿植，用纯粹的手工展示了植物的美，让人们在清新的色彩中呼吸着森林的气息，给人春天般的感觉，使人在回归自然中体味生命的美好，受到了越来越多的人的喜欢。

  对于成功秘诀，在采访时，徐立广告诉记者和广大创业者："我们这样做，是想通过小小的植物，增加人和人之间的相互理解和人对自身的理解，让人们变得简单，热爱生活。因此，无论遇到什么困难，我们都会坚持梦想，为大家创造更美好的生活。"

自信助人成功

◎张　雨

有人请教林肯成功的经验，林肯是这样回答的："每一个人都应该有这样的信心：人所能负的责任，我必能负；人所不能负的责任，我亦能负。如此，你才能磨炼自己，求得更多的知识，进入更高的境界。我的成功经验就是自信。"由此可见，要想成功，首先就要自信，自信助人成功。

我国著名数学家华罗庚，小时候并不聪明，学习成绩很差，小学时连毕业证都没拿到，只拿到一本修业证书。他的数学成绩也不好，读初中的时候，他的数学还是通过补考才及格的。因此，同学们都笑他，说他是一个不折不扣的"废物"。当别人这么叫他的时候，他暗暗地下定决心：一定要把数学成绩提高。他也相信自己有能力把成绩提高。从此以后，他的内心产生了巨大的力量，别人学习一个小时，他就学习两个小时。经过这样的努力，他终于提高了自己的数学成绩，最后成了闻名世界的数学家。

在别人都不相信自己时，要自己相信，并且要更加努力。波尔是丹麦的一位伟大的物理学家，曾获过诺贝尔物理学奖。当他还年轻的时候，就提出了量子论。有一次，科学家们举行一个学术讨论会，当讨论到波尔的观点时，权威们否定了他的量子论。但权威的话没有毁掉波尔的自信心，反而使他更加振作起来。因为他心里清楚，他的这种理论是正确的。于是他开始实验，为理论找起证据来。后来，很多科学家也通过实验证明了波尔的量子理论的正确性。波尔出名了，还获得了诺贝尔物理学奖。

一位父亲带着儿子去参观凡·高故居，在看过那张小木床及裂了口的皮鞋之后，儿子问父亲："凡·高不是位百万富翁吗？"父亲说："凡·高是位连妻子都没娶上的穷人。"

第二年，这位父亲带着儿子去丹麦，在安徒生的故居前，儿子又困惑地问："爸爸，安徒生不是生活在皇宫里吗？"父亲答："安徒生是位鞋匠的儿子，他就生活在这栋阁楼里。"

这位父亲是一个水手，他每年往来于大西洋各个港口，他的儿子叫伊东布拉格，是美国历史上第一位获普利策奖的黑人记者。二十年后，在回忆童年时，他说："那时我家里很穷，父母都靠卖苦力为生。很长一段时间，我一直以为像我们这样地位卑微的黑人是不可能有什么出息的。好在父亲让我认识了凡·高和安徒生，这两个人告诉我，上帝没有轻看卑微。于是，从那以后，我便树立了自信心。"

有许多时候，成功与我们失之交臂，这并不是成功不垂青我们，而是我们缺少自信。拿破仑曾说："胜利不站在智慧的一方，而站在自信的一方。"自信是人生不竭的动力，人生中的一切都立于自信的基础上。

自信能化渺小为伟大，化平庸为神奇。"自信人生二百年，会当水击三千里。"让我们踏着自信的台阶，一步一个脚印，脚踏实地为实现自己的理想、达到自己期望的目标而努力吧。

功到自然成

◎张 勇

宋代大画家李公麟曾画过一幅《贤己图》，画的是一群赌徒正在赌博的情况。《贤己图》几经转手，最后为著名诗人黄庭坚收藏。一天，黄庭坚将自己收藏的《贤己图》给苏轼、秦观观赏。秦观对画中有些人物的神态感到不解，便问苏轼："仁兄是书画鉴赏高手，我想请教您画中站立的那个人在喊什么呢？"苏轼看了一下，便不假思索地说："这个问题不是很简单吗？那站着的是个福建人，他在喊'六'。因为盆中已经有五个骰子，站立的那个人再喊出一个'六'，不就是'满堂红'吗？""你凭什么说站着的那个人是福建人呢？"秦观满腹疑惑地问。"其他地方的人喊'六'都是合着嘴的，只有福建人喊'六'是张开嘴的，所以我判断他是福建人。"苏轼细心地解释说。黄庭坚、秦观听了苏轼的分析，佩服得五体投地，对李公麟的画作更是推崇备至。

李公麟的画作被称赞为"天下绝艺"，是因为他在绘画技艺上下足了功夫，而东坡先生能参透其画中玄机则让我们更加感佩其画外的硬功夫。苏轼自小便是少有的聪明人，文坛领袖欧阳修读到他的文章，都不由得惊叹说："吾当避此人出一头地。"但他能有后来的成就,绝非自恃聪颖,而是着实下了一番苦功的。

苏轼小时候很贪玩,那时候读书,绝非出自自愿,而是父亲逼出来的。他曾经写过一首诗:"夜梦嬉游童子如,父师检责惊走书。计功当毕《春秋》余,今乃初及桓庄初。怛然悸寤心不舒,起坐有如挂钩鱼。"意思是,他晚上做了一个梦,梦见自己回到了童年,父亲监督着他读书。有一天,父亲要出去办事,给他布置了一项家庭作业,就是把《春秋》这部史书读完。结果他因为贪玩,父亲快回来了,可《春秋》读了还不到三分之一,那个着急啊,感觉胸口好像十五个吊桶打水——七上八下的,嘴上就好像那鱼咬了钩一样难受。这首诗写在什么时候呢?是被贬在海南时写的,那时苏轼已经六十多岁。这么大的年纪想起幼年读书时的情景还心有余悸,当年他父亲的严厉程度可见一斑。

元丰三年(1080年),苏轼贬谪黄州(今湖北黄冈市)为团练副使,他在黄州城东的一块坡地上建起了一个小屋,取名"雪堂",自号"东坡居士",开始用读书驱散人生的阴霾。司农朱载是苏轼来黄州后结识的一个文友。有一天,朱载来拜访苏轼,通报进去之后,很长时间也不见苏轼出来。朱载走也不是,留也不是,很是尴尬。过了足足有一个时辰,苏轼才走了出来,他向朱载道歉说,自己正在做功课,所以不能马上出来,非常失敬。朱载便问他做什么功课,苏轼回答说:"抄《汉书》。"朱载大为奇怪,说:"以先生的才华,开卷一览,就能够终生难忘,怎么还亲自抄书呢?"苏轼回答说:"不是这样的。我抄《汉书》

已有三遍了,边抄边背。开始抄第一遍时,每段专抄三个字做题目,第二遍每段专抄两个字做题目,现在只抄一个字做题目,只要提起这个字,我就能接着往下背诵下去。"朱载非常惊奇,施礼说:"您能将所抄的东西让我看看吗?"苏轼拿出一册抄写的《汉书》,朱载随口念了一个字,苏轼应声背诵题下文字,没有一字差错。回到家后,朱载感慨地对他的儿子们说:"像苏轼这样天分很高的人,读书还这样勤奋,天资一般的人应该更加努力才对啊!"儿子们听了,吓得直吐舌头,要知道,一部《汉书》将近75万字啊,抄写三遍,倒背如流,这等苦功,几人能为?

不要总抱怨自己的天分不够,与其纠结于此,不如扪心自问:"我的功夫下到了吗?"当你敢给出自己一个肯定的答案时,相信你已成功,所有的设问已毫无意义。

修炼你的"目中无人"

◎马少华

近日,有网站在做中日围棋擂台赛三十周年纪念活动。当年的中国队主帅聂卫平讲了一个很有意思的故事。

那是1985年7月,日本围棋名将小林光一发挥神勇,六连胜势如破竹,直杀到中国队主帅聂卫平面前。聂卫平已成光杆司令,能否阻挡住小林光一,无疑意义重大。

他们的两场比赛间隔一个月,在这一个月的时间里,聂卫平找来了小林光一的所有资料,对他的棋谱、性格、习惯,都进行了细致的解剖、研究。聂卫平说,那段时间,他满脑子都是小林光一,睁开眼是他,闭上眼是他,走路想着他,吃饭也想着他,以至于整个人都陷入了一种与世隔绝的精神状态。

那段时间,有时他的朋友、领导在路上遇见他,跟他打招呼,他都不理睬,视而不见;有时跟他一起吃饭,吃到半路,他突然站起来走了,置同桌的朋友、领导于不顾。

聂卫平说,这都是朋友们后来告诉他的,其实他当时根本就没意识到这些事,因为他的所有精力都在小林光一身上,根本没有看到跟他打招呼的朋友、领导。在饭桌上突然离开,也是因为他突然想到了一个招数的变化,需要马上摆出来。所以,聂卫平开玩笑地说,那时候很多人都对他有意见,说他目中无人,还没赢下来呢就开始摆架子。

看完这个故事,让我想起了另外一个人。这个人叫蓝天野,今年刚荣获"德艺双馨终身成就奖",是中国话剧舞台上大师级的人物。

这个故事是曹禺的女儿万方讲述的。万方小时候,跟着爸爸去北京人艺的后台,遇到了蓝天野。因为蓝天野跟曹禺很熟,经常去他们家玩,跟可爱的万方更是打成了一片,所以万方很兴奋地过去跟他打招呼。但让她想不到的是,蓝叔叔明明看到她了,却丝毫都没有回应,冷冰冰地从她面前走了过去。

万方很伤心,以为蓝叔叔不喜欢她了,就去找爸爸哭诉。曹禺告诉她,你蓝叔叔正在酝酿角色,已经进入了角色的世界,外面的世界跟他没关系了,不要去打扰他。

万方说,直到那个时候,她才真正知道,原来一个优秀的演员可以认真到那样一种境界。在平时你可以跟他一起玩,一起闹,但一旦进入了角色,他就不再是他,外面的世界跟他再也没有关系了。

不管是聂卫平,还是蓝天野,在世俗的眼中,他们确实有点不通情理、"目中无人",但正是这样的"目中无人",才成就了他们辉煌的事业。

人们都爱说这样一句话——"一个人在专注的时候是最美的。"其实,这份美,并不是每个人都能接受并欣赏得了的,因为它不是世俗的东西,甚至不是这个世界的东西。

因此,当你遇到有的人"目中无人"的时候,先不要站在世俗的角度去批判他,因为他很可能正沉浸在另一个世界。世上绝没有不经"专注"就能成功的事,在你的成功路上,你也需要修炼你的"目中无人"。

相信自己的"奇迹"

◎夏生荷

19世纪80年代前，法国新生婴儿的死亡率非常高，平均每5个新生婴儿中就有一个在学会爬行之前夭折，而那些早产并且体重不足的婴儿，死亡率则更高，75%的这类新生儿因为体温过低，会在几周内死亡。满心的期待，换来的却是无可奈何的悲痛离别，这让许多年轻的父母痛苦不已。

斯蒂芬·塔尼是巴黎妇产科医院的一名年轻医生，这家医院主要是为住在城市里的贫困妇女们提供住院接生医疗服务。该院在当时的法国属于贫困、弱势的"二流医院"，无论在硬件设备上还是软件技术上，都无法与法国一流的大医院相媲美，而塔尼也只是该院里一个资质很浅的"二流医生"。

但和同事们的冷漠与得过且过相比，塔尼却相当善良和"有抱负"，每次看到早产的新生儿夭折时，他都非常难过和自责，觉得自己作为一名医生，没有尽到保护婴儿的责任。而实际上，这是一个全球性的难题，受当时整体医学水平的限制，普遍发生于任何一家医院里，跟他个人没什么关系。

可强烈的责任感让塔尼下定决心，一定要攻克这个"只有大医院、医学博导们才有可能攻克的难题"，拯救新生的早产儿。

他的这个抱负曾一度被同事们拿来当笑柄，"因为实在是太自不量力了"。可塔尼却始终坚信有一天能实现，并时刻将此事记挂在心头。

1978年冬的一天，塔尼带着三岁大的女儿去巴黎动物园里玩，当他走在动物们之间时，无意间发现了一些小鸡孵化器，看着刚刚孵化出来的小鸡，待在温暖而舒适的孵化器中活蹦乱跳时，塔尼突然灵光一闪，兴奋不已，觉得自己找到了一把救助早产新生儿的"钥匙"。

几天后，塔尼将巴黎动物园里的家禽养殖员奥迪·马丁请了过来，请他帮自己制造出一个"大的小鸡孵化器"，并将其命名为"育婴保温箱"。为了保证安全，该保温箱并未采取用电供暖，而是通过向外层里不断注入热水，来维持内部的恒定温度，确保放入其中的早产新生儿能始终生活在一个温暖舒适的环境里，不会因为体温持续走低而丧命。

之后，塔尼说服了一些早产新生儿的父母，请他们同意将孩子放到"育婴保温箱"中去。一年下来，有五百名早产新生儿住进了塔尼的"育婴保温箱"中，其死亡率一下子由之前的百分之七十五大幅下降到百分之三十二！

这一结果，让塔尼激动不已，他开始游说巴黎市政府，要求推广他的新发明，后者终于被说动。两年后，巴黎市政府要求全巴黎的妇产科医院都要配备这种"育婴保温箱"，三年后，塔尼的"育婴保温箱"在法国普及，后来又走向全世界。

由于"育婴保温箱"对挽救和保护婴儿的健康有着极其重要的价值，带给了无数早产儿生的"奇迹"，其作用超过了19世纪的任何一项发明，塔尼也被人们赞誉为"早产儿的救世主"。

今天，改进后的"育婴保温箱"还新增了氧气辅助和其他先进的功能，早产儿的家人再也不用担心失去孩子了。

谁都可以有梦想，谁都可以有抱负，千万不要因为自身的平凡和世俗的嘲笑而放弃心中的梦想，做一个有心人，坚持下去，也许你就是下一个创造奇迹的"斯蒂芬·塔尼"！

不怕摔倒，就怕活得潦草

◎李 莹

美国时装设计师协会主席黛安，是全世界第一条裹身裙的设计者。这种裙装曾创下三年内卖出五百万条的神话，至今仍然是经久不衰的女装款式。她创立的DVF产品系列，是世界顶级品牌。黛安的一生跌宕起伏，充满传奇色彩。

1969年结婚的黛安，丈夫埃贡是德国王室后裔兼时装设计师，两个人在大学时相识，一场盛大的婚礼之后，黛安从平民女孩一跃成了王妃。然而灰姑娘和王子的生活并不幸福，埃贡的家族对黛安犹太人的身份十分不满，黛安努力改变想获得夫家的认可，但所有人都认为她没有半点本事，不过是个幸运的灰姑娘。痛苦不堪的黛安毅然带着身孕离开了王室，孤身一人前往纽约打拼。"我决定拥有自己的事业。我想成为优秀的自己，而不仅仅是一个嫁得好的普通女孩。"

结婚前就对时装设计有着浓厚兴趣的黛安曾专程去意大利学习布料制作工序，去纽约时她随身携带了一箱自己设计的针织裙，希望能在美国创出一番事业。最初的黛安没有名气，也没有推销经验，曾经崩溃到在路边大哭。凭借一颗不服输的心和对时尚的敏感，黛安慢慢地打开了局面，有了自己的工作室。她设计出了世界上第一条裹身裙，这种裙子没有扣子和拉链，只依靠腰带来约束，恰到好处地展示出女性曲线，性感无比，上市之后迅速风靡世界。

1975年，黛安顺势创立了自己的同名品牌——DVF，成立了自己的公司，并在随后几年里迅速扩张，使之发展成了包含女装、香水、箱包的一个时尚王国。事业上惊人的成功让年仅29岁的她登上了《新闻周刊》的封面，被赞为"时尚界最具市场号召力的女性"。名利双收的黛安在不到三十岁时就成就了自己的传奇。

事业上的成功也让黛安更有底气去开始一段感情。1985年黛安和意大利作家阿兰坠入爱河，为了这份爱，她淡出了时尚圈，跟随阿兰来到巴黎，远程打理自己的事业。然而黛安的全心付出换来的却是沉重的背叛。

"一个女人只有保持耀眼的灵魂，才能用个性的力量吸引异性，否则，如果完全为爱放弃自我，那么只能慢慢杀死爱。"

命运对黛安的捉弄并没有停止，结束惨淡感情的黛安重回纽约后，发现自己一手创建的公司早已不受自己的控制，甚至濒临破产。更让人绝望的是，身体感到不适的她被医院确诊为舌癌。

男友背叛，濒临破产，身患重病……一时间，爱情、事业、健康好像全部离黛安远去，她的人生一下子暗了下来。此时的她，似乎比当年出走王室更凄凉。

"看似全黑的夜里，一定会有潜伏的光。"四面楚歌的黛安没有选择悲伤和妥协，每次去医院她总是把自己打扮得漂漂亮亮，然后对着镜子做一个胜利手势。与此同时，她抓住1997年兴起的复古风潮，设计出几款改良版的裹身裙推向市场，新版裹身裙在上市后很快被抢购一空。紧接着黛安又推行了一系列全方位的女性设计，小到耳坠、丝巾，大到行李箱、家居产品，重新让DVF死而复生，成为世界顶级品牌。五十几岁的黛安再一次惊艳了整个时尚圈。

凭借着传奇的成绩，黛安被美国时装协会吸收为董事会成员，数年后又荣获该协会颁发的"终身成就奖"。2012年，黛安被《福布斯》杂志选为全球时尚界最具影响力的女性。

没有家庭背景的黛安依靠梦想和奋斗将自己活成了一个传奇，如今的黛安已经七十多岁了，依然是最耀眼的女王，每天把自己打扮得精致漂亮，散发着宝石般的魅力。她从不掩饰自己脸上的皱纹，也从不整容，平静、真实地面对这个伤害过她也爱过她的世界。她认真地年轻，优雅地老去，从始至终都在做自己想做的事情。

她说，只要你愿意，你就能成为你想成为的那个人。不管你是什么身份，多大年龄，永远不要放弃一个女人该有的梦想和坚强。岁月让我们变老并不可怕，可怕的是摔倒后活得潦草……

用一千小时给娃娃"生命"

◎赵清华

1982年,她出生于苏联的一个普通家庭。她比同龄小女孩更喜欢娃娃,不管睡觉还是吃饭都要有娃娃陪伴,总是和娃娃形影不离。

六岁时的一天,她偶然看见泰坦尼克号沉船照片上的一个瓷娃娃,妈妈告诉她这个娃娃经过半个世纪的侵蚀都没有改变原有的样子。从那一刻起,她就萌生了做世界上最美陶瓷娃娃的想法。她除了上学,就是把自己关在卧室里研究如何做娃娃,虽然总是搞得乱七八糟,但她从设计和制作娃娃中找到了无限的乐趣。

十四岁时,现实给她打来当头一棒。父母告诉她,如果她想做一名娃娃艺术家,就一定要考入美术学院。这个时候她才发现原来自己要实现梦想还有很长的路要走,因为仅是考大学就把她搞得焦头烂额。后来,又因移民加拿大,转学和新环境让她面临巨大的挑战。

高中最后一年,她对学业和未来感到异常迷茫。但恰在此时,她看到了一篇浪漫的爱情故事。故事的女主人公是位娃娃艺人,为了实现制作娃娃的梦想,主人公不断战胜困难并最终救回了爱人。这个故事深深打动了她,她觉得自己也应该为了梦想而努力,后来终于考上了美术学院进行专业学习。

她不喜欢一个模子里刻出来的、千篇一律的娃娃,她要设计出眼神灵动、服装与众不同的瓷娃娃。但学校的课程都是美术基础课,她并没有学习到娃娃制作的专业技巧,她感到很失望。一次偶然接触到的珠宝课程却给她带来了很多灵感,艺校毕业后,她又继续深造珠宝设计。珠宝设计课带给她很多奇思妙想,她边学边把那些美妙的创意融合进娃娃制作里。

每当开始创作娃娃,她都先设身处地地理解娃娃,希望达到天人合一的境界,试图与娃娃的灵魂达到"人娃合一"。所以,她注意观察生活中的大小细节,随时随地从小说、神话故事、儿童插画书、民族服饰中发掘灵感。这样娃娃身上拥有的元素才会来源于生活而高于生活,才会具有亲和力和生命力。

当娃娃构思完成后,就要开始制作。制作娃娃的过程极其繁琐,她会先从娃娃胴体的陶瓷制作开始。为了让娃娃接近真人,她为娃娃配上纤细的肌体和灵活的关节,以让娃娃可以变换出不同的姿势。

为了表现娃娃肌肤的柔和,她每给娃娃画一遍脸就要烧一次,一般要烧五次,有的甚至要烧十二次;为了表现头发的逼真,她去学了发型设计,有时卷发甚至需要一卷一卷地粘贴;为了让娃娃指关节具有真实的细腻感,她改绘画为雕刻技巧,一刀刀刻出关节细纹;为了给印度新娘娃娃画出逼真的海娜文身,她甚至请海娜文身大师给自己绘制了文身，以能切身体会娃娃的感受。

为了让娃娃的服饰匠心独运，她将金属焊接、珠宝和服饰设计充分融合，将那些色彩斑斓、玲珑剔透的珠子镶嵌在衣服上，用来表现绫罗绸缎的飘逸与典雅；或镶嵌在银光闪闪的金属首饰上，用来表现皇冠等配饰的高贵与华美，从而表现出娃娃的气场与气质之美。

她还会制作一些具有特殊意义的娃娃，如十月怀胎和带乳腺手术伤痕的娃娃，以唤醒对这类女性的关注，激励这类女性坚强面对自我。她希望不管是为争取生育权利而挣扎的女性，还是乳腺癌患者，都不要放弃对梦想的追求。

每个身高十三厘米的娃娃有时甚至要耗费她一千小时，因失败而作废的娃娃也不计其数，但她却乐在其中。因为她能从中感受到对生命无止境的探索，也能感受到服饰、绘画、雕塑等艺术的多元碰撞。她更为自己随时随地迸发的灵感感到激动，并深深沉醉其中。

她为梦想付出了时间和金钱，但这些也成就了她的梦想。她就是玛丽娜·比什科娃，一个为娃娃而生的人，也因为娃娃成为世界有名的集制作玩具、电焊、美发、文身、服装设计等技艺于一身的艺术家。

她用一千小时制作的娃娃是成衣和香水的代言宠儿，即使一只贵到二十万、四十万元，甚至更高，也有人愿意购买。为了保证瓷娃娃的制作水准，她很少批量生产，接受订单的条件也很苛刻。她觉得这些娃娃不仅是精工细作的,更是有生命、有灵魂的艺术品。只有用时光精心打磨出的娃娃才值得永世流传,而这才是她作为艺术匠人所真正追求的。

用耳朵"敲"开世界的大门

◎王新芳

他外貌清秀俊朗,却是一名视障人士;他看不见屏幕,却在电脑前敲字飞快;他学会了按摩,却成了一名IT工程师。他叫蔡勇斌,中国第一批信息无障碍工程师。

小时候,蔡勇斌的眼睛清亮如水,花红柳绿,阳光也很灿烂。六岁那年,家里搞装修,蔡勇斌不小心把石灰揉进了眼睛。世界成了黑色,他的人生也变成了黑色。哭过,闹过,但他慢慢地接受了这个残酷的现实。

上了盲校,他却成了同学眼中的怪人。他拒绝用盲杖,拒绝申领政府的福利,也不办理残疾证。一句话,他不把自己当残疾人看。同学们都在积极学习按摩,准备以后当一个按摩师。他却不甘心接受这样的命运,他觉得,自己可以选择的还有很多。

在烦闷的日子里,电脑成了他最挚爱的朋友。和常人相比,他的听力异常敏锐。他能根据电脑光驱的声响,来判断光驱转速。再依靠光驱转速,判断系统安装到了哪一步。学会了给电脑重装系统,在很大程度上给了他自信。他想要更深入地了解计算机,可盲校的老师对计算机也是一知半解。蔡勇斌一咬牙,决定自学编程。

同学们都不看好他,一个看不见电脑屏幕的盲人,想学会编程,这听起来,更像是一个笑话。但蔡勇斌并不在乎周围人的目光,从早到晚,他几乎把所有的空闲时间,都用到了学习编程上,甚至连梦里都在想如何编程。他坚定地认为,被嘲笑的梦想,才有实现的价值。

怎么学呢?他的办法是,把所有的代码背下来,在大脑里重现。然后结合教材里的讲解,搞懂为什么要这么写。他还泡专业的IT论坛,向电脑高手请教。没有人知道,这个痴迷编程技术的IT发烧友,其实是个盲人。二十岁那年,蔡勇斌写出了第一个真正能应用的软件,一款日程提醒软件。

就这样,蔡勇斌成了盲人朋友的明星,大家有了什么困难,都乐意找蔡勇斌帮忙。蔡勇斌发现,盲人玩电脑很受限制,毕竟虚拟的世界里没有盲道。一个梦想渐渐清晰了,他要开发一款针对视障人群上网用的软件,使视障群体也可以在网上自由冲浪。

真正的远方,一定是一个人走出来的。

大家都知道,软件功能是依靠代码实现的,代码则是程序员逐字逐句打出来的。即使一款功能相对简单的软件,一般也需要上千行代码。而蔡勇斌要研发的软件代码量,则在十万行以上。蔡勇斌又开始了死记硬背,把这些代码背下来,在脑子里重现代码结构与算法,然后不断地检查、修改、订正。

写下这些代码已经很不容易,"背下来"又是何其艰难!代码是由各种函数引用和数字组成的,字符之间通常毫无联系。

猛一看，宛如乱码，根本不是和背课文一个难度级别的。为了背下这些代码，蔡勇斌开始操作电脑快捷键，让读屏软件一遍遍读出那些代码。而想要背熟一段简单的代码，往往要听几十遍上百遍。不知不觉中，几个小时、一天就过去了。

靠着顽强的毅力，2009年，蔡勇斌终于独立开发出了针对视障人群上网用的软件"PC秘书"，其功能多达数百项，颇受视障人群喜欢。网购、刷微博、逛贴吧、查股票行情……视障者几乎可以在上面进行所有网络操作。甚至，借助这个软件，视障者可以和视力正常的人一样，在网上打纸牌游戏"斗地主"。

一款小小的软件，改变了数万视障者的生活。在帮助视障朋友解决问题的过程中，蔡勇斌找到了一种快感。最兴奋的时候，他学会一项新技术，能在黑色的屏幕前坐上二十四小时。

2014年，他南下深圳，加入了信息无障碍研究会，成为互联网的另类极客——信息无障碍工程师。凭借对视障者群体的了解和高超的IT技术，蔡勇斌很快成了这个领域独一无二的专家。互联网企业们，例如阿里巴巴、腾讯、百度等也都纷纷邀请他帮助推进公司产品的信息无障碍进程。

随着媒体的报道，蔡勇斌迅速走红，被网友亲切地称为"盲侠"。有一次，记者问到他的梦想，蔡勇斌的回答是："我没有能力帮助整个国家，也不能去灾区救灾。但我知道，和我一样的视障人士需要什么。我希望尽我所能，让他们也能走进互联网的世界。"

心若有光，才能光芒万丈。遍体鳞伤，只为满城芬芳。凭借过人的耐心、专注和坚持，蔡勇斌终于用耳朵为盲人们"敲"开了互联网的世界之门。

越努力，越幸运

◎许群兄

她，是国际时装界的"时装女王"，也是中国最牛的打版师之一。她天资聪慧，别的打版师费尽心力四五遍才能在设计师那里过关，而她则常常一遍就通过。她就是有着响亮名号"杨一过"的杨萍。

在时装界赫赫有名的杨萍，是山东青岛人。在光鲜的标签背后，人们惊讶地发现，这位天才人物竟然是一位坐在轮椅上的残疾人。

因为患有小儿麻痹症，杨萍从小到大一直生活在自卑当中。别人的冷嘲热讽以及"另眼相看"让杨萍承受了不少别人无法想象的痛苦。

杨萍自小就知道"知识改变命运"的道理，所以自上学后，就一直发愤读书。在学校里，她的成绩一直名列前茅，是同学们公认的"学霸"。然而遗憾的是，因为身体不便，她终究没能进入钟爱的大学校园。

杨萍伤心不已，觉得自己是个废人。每当父母劝她要振作起来的时候，她就反问他们："既然都是一样的结果，那么再多的努力又有什么用？"

杨萍的父亲有喝茶的习惯，每次休息的时候都会泡上一盏茶，然后慢慢地品味。在女儿哭了整整一个星期之后，他将杨萍的轮椅推到了自己面前，让她陪着他一起喝喝茶。

父亲先是泡了一壶茶，然后各自斟满，并让杨萍饮下。杨萍喝了一口后，一下吐出来，说："太苦了。"父亲笑笑，让她继续喝完。

在喝过几轮茶后，杨萍发觉茶已全然没有了最初的苦涩，而是蕴含了淡淡的香气，并且越喝越香，甚至感觉到了丝丝的甜味。杨萍问父亲："为什么茶会越喝越香甜？"

父亲笑着对她说："茶在经过多次的冲泡以后，苦味就会逐渐变淡，苦味少了，甜味自然就显现出来了。"父亲停顿了一会儿，又对她说，"其实生活就像喝茶一样，只会苦一阵子，不会苦一辈子。"

杨萍一下愣住了，她和父亲一直很少交流，没想到父亲却用他的"饮茶之道"给她讲了一个人生的大道理。她抹去残留在眼角的泪水，冲父亲说："我想去读夜校，还想学设计！"

之后，杨萍如愿去读了夜校，并报了服装设计的专业。在学习之余，她试着给家人或亲戚、朋友做衣服，她做出来的每一件衣服都有板有型，深受大家的喜爱。有朋友看到专卖店的衣服，描绘给她听，她花两三个晚上就可以制作出来，有时比专卖店的还好看、好穿。

杨萍将制作的衣服一件件全部发到了网上，没想到立即得到了赞声一片。随着朋友及网友们的口口相传，杨萍开始成批量地接单，甚至有老外也向她发来了订单，而不懂英文的她竟然凭借一本字典，在一字一句的对照翻译后出色地完成了任务。

之后，杨萍将目光投向了"时装界"，并凭借过硬的实力和细心、认真的态度，成了一个专业的打版师。平时，她会根据设计师的款图打版做成纸样，对面料进行制图后裁剪，为下一步的缝制打下基础。

2005年，西班牙设计师为某国际品牌设计了一张图纸，因为后身设计比普通设计长一厘米，许多打版师都对此束手无策，而杨萍却一下找到了"症结"所在，轻松解决了问题。

同事们都称杨萍是设计师肚子里的蛔虫，能一眼明白设计师的意思。以至于波兰甲壳虫青岛工作室首席设计师也被她的真诚和才华感动，为她打破了"不和不懂英文的打版师合作"的原则。

现如今，杨萍就像一粒金子，走到哪里亮到哪里。而她更是被周边的人称为"时装女王"。闲暇的时候，杨萍也会泡一壶茶，然后慢慢地品味，她常跟身边的朋友说一句话："越努力，越幸运。只要努力了，日子总会如喝茶一样，只会苦一阵子，不会苦一辈子。"

只要俯下身子，就能捡到金子

◎朱荣章

不要抱怨这社会"为什么百分之九十九的人辛勤工作，只有百分之一的人享福"，也不要埋怨这世道"浮躁"，只看看自己、问问自己：自己俯下身子了没有？倘若没俯下身子，做什么工作都浮在"面"上，深入不下去，那么即使再满腹牢骚，再声嘶力竭也解决不了半点实际问题。因为"金子"都让别人"弯腰"拾走了。

曾在八一青年队和国青男篮征战多年的史勇，很多人肯定不会太陌生，不过他如今摇身一变成为一家火锅连锁公司的董事长，并且做得有模有样。在成都市温江区的一个小院落里，记者见到了史勇，这里有仓库和火锅底料生产车间，一间有些狭小的办公室是史勇和公司的另一位股东张弛的工作场所。墙壁上，"高人史勇餐饮管理有限公司"的招牌金光闪闪。一个曾在八一青年队和国青男篮征战的年轻人，因为无法挽回的脚踝伤势，不得不离开他心爱的篮球事业。之后，他又放弃了球队为他安排的工作，毅然决然地拿着一笔复员费自谋生路了。2012年年底，一个叫李建洪的商人派人到河北廊坊游说史勇来成都发展，史勇就此离开了自己的麻辣烫小摊，与李建洪以及另外三个股东一起开了这家火锅餐饮公司，其中史勇占百分之六十的股份，成为公司的法人代表。其实，他对自己的头衔看得并不重要，他说："我们公司这些股东都是年轻人，大家不是为了单纯的挣钱。对我来说，这辈子做成一件事比赚多少钱重要。"史勇说："这些朋友之所以找到他，是因为自己那股劲儿。我打不了球后，没有哭天抹泪地要保障，还能跳出体制俯下身子自己奋斗。可能就是这种精神让朋友觉得值得合作。"从2012年年底到成都至2013年上半年，他一直在一线学习有关火锅的生产管理知识。服务员、库管、原材料采购等只要和火锅有关的岗位，他一个不落，都要亲自上。"当了董事长还要从一线做起吗？"对于记者的这个疑问，史勇说："因为以前开的是麻辣烫摊，和现在的火锅店很不一样。不一样没关系，我实实在在去学，只有实打实地接触这一行，你才能知道这一行各个环节的操作和成本是怎样的。"在史勇办公桌上，确实放着不少管理方面的书籍，比如《每天学点管理学和领导学》《细节决定成败》《每天一堂口才课》等，连科普名著《果壳中的宇宙》他都有。他说："仅凭自己的那点心眼儿能干什么？主要靠学习别人的经验，这是成功的捷径。"谈到为什么会起"高人"这个店名，合伙人张弛形象地说："首先是因为四川人普遍都不高嘛，如果在路上看见一个两米高的大个子，他们会下意识地说：'咦，你看高人。'还有，希望我们所想、所做和所追求的，能与众不同、高人一等，这个靠人们的会意喽。"如今，史勇的火锅店已经在成都市区、邛崃、什邡等地开了六家，其中四家是加盟店，开一个火一个。

看来，成功不成功、成功的长久与否，与是否俯下身子有很大关系。事实确实如此，财富到处有，就看你自己看不看得见，俯下身子，看到的金子一个也跑不掉；整天叼着香烟朝天看，"狗头金"在你脚底下，即便把你绊倒，你也未必知道这是"金子"。不管干什么，只要俯下身子实实在在地去干，就没有干不成的，就没有干不好的。

不放弃，成功就在前方

◎漠　风

玛莎从小就随父母从波兰移民到了美国。因为生活的漂泊不定，玛莎一家人的生活过得极其糟糕，全家八口人挤在一个小公寓里，而且没有热水，即使到了寒冷的冬天也只能洗冷水澡。对于家里的情况，玛莎的父亲看在眼里酸在心里。

玛莎的父亲是名药品推销员，尽管他很努力，但最终还是没有改变家庭的现状。他只能把希望寄托在孩子们的身上，他对孩子们极其严苛，不论学业还是家务，都要求做得尽善尽美。就这样，玛莎学会了父亲的一丝不苟，也学会了母亲的心灵手巧，烹饪、缝纫、园艺等技能，样样精通。

渐渐懂事的玛莎为了贴补家用，十岁时便当起了保姆。母亲心疼玛莎，常常背着家人偷偷地哭，一次，恰巧被玛莎看到了，玛莎知道母亲是在心疼自己，于是就安慰母亲说："我又不是要做一辈子的保姆，等家里的生活好了，我还要继续上学呢。"听了玛莎的话，母亲高兴了起来。

果不其然，玛莎十五岁时便被一家艺术公司选中，因为她的容貌、身材俱佳。玛莎很顺当地做起了广告模特，干得顺风顺水。她的时薪，也慢慢地从十五美元涨到了五十美元，但她并没有大手大脚地花钱，而是把钱存了起来，为自己上学做准备。

虽然她把大把的时间耗费在了工作上，但她从没落下学业。她经常到镇上去借书，而且常常向周围的人请教，也常常遭到别人的嘲讽。有人说："干模特还要什么学历？"还有人说："等你再大一些，找一个好婆家就是了，上学干什么？"尽管这样，玛莎还是坚持上学，终于考到了美国顶级女子学院纽约巴纳德学院。

毕业后，玛莎在一家刚起步的小公司干起了金融工作，因为没有经验，她只能埋头苦干、日夜拼搏，用短短的两年时间进入了公司的销售精英队伍。可惜好日子没多久，受金融危机的影响，玛莎因业绩不保，无奈之下选择了离职。

离职后，有了闲暇的玛莎在康涅狄格州租了一处农舍，做起了家庭主妇。她每天做的事无非烹饪、园艺、装修，日子过得倒也自由自在，无忧无虑。

玛莎因为厨艺精湛，家务做得得心应手，所以周围的人常常邀请她帮助筹备家庭聚会。在一次宴会中，朋友建议她成立一家专门供应派对食物的公司，用户可以电话预约，公司可以在指定的时间内将各色美食送至目的地。

没有太多的犹豫，玛莎的餐饮公司很快就成立了，她和团队的优质服务使她迅速地站稳了脚跟。之后，她不断地拓展业务范围，并将店址选在高级时装店隔壁，瞄准高端顾客，一举成功。慢慢地，玛莎开始打造个人品牌。她根据自己的经验，写了本书叫《款待》，一炮而红，卖了五十万册。从此，玛莎开始引领家政时尚。

时过不久，她成为美国第二大连锁超市代言人，她的形象流传至全美各地，深入人心。经济实力越加雄厚的她成立了玛莎·斯图尔特生活全媒体公司，因为产品放心可靠而深受顾客的欢迎。

然而，就在她事业蒸蒸日上时，玛莎因涉嫌股票丑闻和藐视法庭，被判服刑五个月。原本所有人以为她会因此消沉甚至放弃努力，但是，出狱后，她更加努力，并参与拍摄了两档全新的电视节目，再一次征服众人。

永不言败的玛莎仅用一年时间便使公司重新盈利，公司股价也从最低谷时的八美元上涨到三十二美元，她自己也成了公司的董事长。

如今，玛莎已年逾古稀，坐拥市值十三亿美元的传媒公司，但她依旧在家里种菜。烹饪、园艺这些手艺，也从未落下。面对"家政女王"的称号，玛莎只是默默地应允，因为这些成绩背后的酸甜苦辣只有她自己知道。

每一次成功，都需要无数次失败的历练，没有任何一次成功是顺理成章的，只有经历过点点滴滴大大小小的磕绊，成功才会一步步走来。成长的路上即使有磕绊，也不要轻言放弃，要相信成功就在前方。

"砌"出来的世界冠军

◎ 嵇振颉

这幢建于20世纪90年代的房子,经历了二十多年风雨洗礼,墙面斑驳,还有地方出现了裂痕。不得已,父亲带着他对老房子修修补补。

"爸爸,我长大以后想读建筑专业,毕业后给你们造楼。"一脸童稚的他,十分认真地对父亲说。这年他才十岁,自告奋勇地给正在砌墙的父亲打杂。孩童时代的梦想总是多变的,或许今天想做建筑师,明天可能会冒出想做科学家的想法。不过,父亲没有打击他的积极性,轻轻地捏了捏他的小鼻子:"好,爸爸以后就住我儿子造的房子。"

他的动手能力很强,无奈读书方面没有天赋,成绩总是位列班级20名开外。中考时发挥不理想,他未能被志愿书上的第一志愿的学校录取,被调剂到广州市建筑工程职业学校的建筑施工专业。

在很多人眼中,职校生似乎就和"差生""学渣"画上了等号。很多家长不顾孩子反对,坚决让考分不理想的学生去复读。他父母也有过犹豫,期许儿子能进入大学。他却不以为然,说条条大路通罗马,为什么职校生就一定没有美好的未来?历史上很多功成名就者学历并不高。学历只代表一个人求学的经历，不能代表一个人的能力和前途。再者建筑施工专业正是他喜欢的专业，他又提到幼年时的那个梦想，说希望三年职校生活，能帮助他尽早圆梦。至于本科学历，以后工作后还能去读。他的一番话，彻底说服了父母。

2014年9月，他带着儿时的梦想来到广州市建筑工程职业学校。事实上，他所学的专业主要做测量和检测，与原先造楼的设想有些差距。

二年级上学期，学校公告栏内贴出一张大赛启事。这是一场校园砌筑比赛，要求参赛者在规定时间内，完成一面有特定图案花纹的墙面，以图案的审美趣味评定最终得分。如果在比赛中拿到名次就可以加学分，还能提前毕业。他想试一下。这场比赛报名的学生并不多，所以参赛者有机会得到专业老师的悉心辅导。这位老师名叫林晓滨，是第42届和第43届世界技能大赛中国队的备选选手。经过半个月的训练，林晓滨发现他是个可造之材。果然他不负众望，在这次校园砌墙比赛中夺得第一名。

颁奖仪式结束，林晓滨把他叫到一边，郑重地对他说："你想不想在砌墙这方面有深入的发展？"

这个问题让他有些发蒙。他最初参赛的动机只是多拿学分，根本没考虑在砌墙这方面多花心力。不过既然老师开口了，他愿意去尝试一下。

经过层层选拔，他竟然在2016年12月进入国家队，最终作为砌筑项目的唯一选手代表中国出征世界技能大赛。他进入封闭集训状态，目标直指世界技能大赛。其实他的备战，一直可以追溯到2015年8月。两年间，除了常规的文化学习，他的时间几乎全部用来搬砖、砌墙，砌好了拆，拆了再砌，就这样反反复复训练，手上磨出了厚厚的茧子。他每天砌二百多块砖，调精度、勾灰缝、清洁墙面，边砌边量，以保证最后的精度。搬砖砌墙耗费体力，特别是夏天，工作间里的温度将近五十摄氏度，汗水混杂砖灰，弄得他整个人灰不溜秋。如此艰苦的环境，生活条件优越的90后很难坚持训练，但他不怕枯燥、不畏艰辛，整整坚持七百多个日夜。

2017年10月，他和老师一起来到世界技能大赛这个梦寐以求的舞台上。他有着同龄人少有的成熟，没有紧张慌乱，只是在心里想着反复训练的技能，还有老师叮嘱的要点。在砌筑项目上，德国、英国、奥地利、丹麦等是传统强国，他将和包括这些强国在内的其他二十九个国家的选手一较高下，需要在四天的共计二十二个小时内砌一面有鹰的图案的一点三米高的墙。拿到图纸后，他胸有成竹，因为训练时砌过类似的墙。砌筑项目要求高精度、高标准，水平、垂直方向都要精确到毫米。他平时训练一般都是精确到毫米的，足以应对大赛评委严苛的要求。经过评委的投票，他最终获得了砌筑项目冠军，实现了中国在该项目上金牌零的突破。

他就是梁智滨，一个十九岁的中职生，用数年努力演绎一段属于自己的传奇。他曾砌过广州塔、莲花、挖掘机、孔雀等造型，现在这些都保留在学校里。对于砌墙，他从未有过嫌弃。他说："如果你把自己当成是艺术工作者，把砌的墙当成一件艺术品来看待，就不会感到乏味。"

正如梁智滨所说，如果将辛苦付出后得来的成果当成艺术品，那些枯燥乏味的过程，就不会成为中途放弃的理由。享受过程，憧憬结果，用这样的心态去追逐梦想，真好。

低到尘埃方成功

◎侯利明

二十多年前十万元起家，如今年营业额几百亿，自有货机十几架；与员工分享利润，一线员工有的月薪上万；一直在创新；工作狂，每天工作十四小时；实干，定期下基层；强势，百分百控股顺丰；胆大，先后九次抵押家产，是魄力和智慧兼具的创业型男人。这些都是众人对顺丰掌门人王卫的系统认知，却少有人目睹过他的庐山真面目，就连工作多年的企业员工也只闻其名不见其人。王卫表示，自己总是站在旁边的那一个，习惯了享受低调的生活，做一个平常的老百姓、一个凡人，非常随意。

然而，快递远远不是收件、派件这么简单，快递行业的管理难度是业界公认的，就像曾任宅急送总裁的陈平说的那样：管理快递这个平台的难度和复杂性，三天三夜都讲不完。商界巨子马云曾在公开场合表示，能管理二十多万员工的顺丰老板王卫是他最为敬佩的人。顺丰速运于1993年3月在广东顺德成立，成立之初主营顺德与香港之间的即日速递业务，至2006年初，顺丰的速递服务网络已经覆盖国内二十多个省及直辖市，一百〇一个地级市，包括香港地区，成为中国速递行业中民族品牌的佼佼者之一。据快递物流咨询网报道，顺丰速运在该网站举办的"2008年国内快递最具有竞争力企业"综合调查中名列十强企业之一,位居第二位,仅次于EMS。

自2010年的"双十一"横扫华夏开始,顺丰也加入了"狂欢"行列,快递员工不眠不休地实施着"陀螺战",飞速派送数以百亿计的消费订单。顺丰公关部称,快件的分拣、扫描、装车等工作在十分钟内就能完成,协调统一的战斗力使顺丰立于不败之地。在这个自我标榜的年代,广告轰炸和明星代言的商业效应仿佛是一家企业不可或缺的手段,但顺丰作为国内快递行业的拔头筹者,除了随处可见的快递员工忙碌的身影,你看不到任何关于顺丰的宣传方式。

面对头上越来越璀璨夺目的光环,王卫坦言:人的成就与他的本事是没有关系的,有钱没什么了不起,赚到钱只是因缘际会而已。商道皆为人道,而真正的人道在交易之外,戒骄戒躁,做好手中事才是他的成功之本。

2014年8月19日,一向低调的顺丰速运集团猝不及防地颠覆了人们的惯性思维,公开宣布将旗下不超过百分之二十五的股份出让给贴着"国字号"标签的苏州元禾控股、招商局集团和中信资本。王卫一反多年的照章出牌,进驻"国家队",不得不引得大众浮想联翩。王卫始终是王卫,经历了二十多年的历练蜕变,依旧不改初衷,用一句"不知道说什么",成功婉拒了媒体的采访。王卫依旧不改低调的初衷,但在激烈的快递市场争夺战中,却并不墨守成规,始终保持企业内部自我更新的能力,果敢而洞若观火。

随着时间的推移，业内行业为求新高，纷纷借鉴了许多国际上的做法，曾声称"不上市"的王卫，经过多方考察验证，欲借壳上市，并以"明德控股"正式上市，正式登陆A股。顺丰控股成功封一字板，总市值达两千三百一十亿元，超越万科A和美的集团，成为深市第一大市值公司。舆论哗然，他依旧低调不语，中国快递协会副会长、秘书长达瓦说，王卫是个非常有判断力的人，他很会抓机会，看得比别人远，顺丰几次的变革都与他有着必然的联系，每一分钱花在什么地方，他自有分寸。

草根出身的王卫与所有人没有什么不同，而拉开距离的不过是"踏踏实实做人做事"这句简单到不能再简单的警醒箴言，而他坚持了二十多年，走到了估计连他自己当初也不敢想的高度。王卫说："一棵大树，露在外面的树干和树冠能否真正经历暴风雪，还是取决于它深入土壤的根系是否扎实和健康。"顺丰的诚信原则是：不作假、不欺瞒、不损害客户利益、不损害公司利益、不以公谋私。"以人为本"始终是中国人立足成事之本，以此立足的顺丰速运想不成功都难。

有人调侃，现在的成功学就像帝都的雾霾一样，在我们身边过于泛滥。王卫如一道灿烂的暖阳，温暖无痕却滋养浮躁的灵魂，淡泊从容，低到尘埃方成功，是对他的最好诠释。

用专注敲开成功之门

◎ 梁水源

有这样一位95后小伙子,他从技校学生成长为一名职业院校的教师,经过锲而不舍的磨炼和追求,终于在第43届世界技能大赛上斩获CAD机械设计项目银牌,他就是广州市工贸技师学院青年教师谭伟创。

1995年出生的谭伟创,举止和谈吐都带着同龄人少有的淡定与成熟。他梦想成为一名经验丰富、充满创意的机械结构工程师。小时候,他在父母眼里是一个很顽皮的孩子。他对机械很感兴趣,家里的玩具、闹钟、电话,能拆的都被他拆个遍。2011年夏天,谭伟创考入广州市工贸技师学院先进制造产业系数字设计与制作专业就读。

入校不久,谭伟创疯狂地迷恋上了机床、钳工台、切割机以及其他各种制造工具。他大部分时间都待在车间里,研究各种零件,设计各类工艺品,同学们都知道他"爱机械,爱制图,爱发明"。但也有个别同学取笑他说:"不就是一名技校学生吗,三年混一混就过去了,毕了业都一样是打工,干吗那么拼命呢?"看看周边的同学,确实有人在混日子,并且活得很"潇洒"。再看看自己整天与那些机器为伴,累死累活的值得吗? 谭伟创陷入了深深的苦恼之中。

一天，他把自己的苦恼告诉老师，希望得到老师的指点。老师笑着对他说："三百六十行，行行出状元。人类的一切工作，都值得去做，而要做好，只能全神贯注。"接着老师又讲了一个成功贵在专注的故事：古希腊哲学家泰勒斯在仰望星空之时，不慎一脚踏空掉入深坑。但他却不恼怒、懊悔，只是对救起他的人说："明天会下雨！"结果第二天真的下了雨。当他专注于一件事时，就忘记了脚下的深坑，也许正是因为如此专注，所以他才成了一位伟大的哲学家。谭伟创明白老师的意思，因此他暗下决心用专注敲开成功之门。

于是，他把所有时间和精力全部投入到学业上。2015年，恰逢第43届世界技能大赛举行。大赛为青年人提供了一个展示技能、共同交流的舞台，但作为一名普通技校学生的谭伟创，想参加这样的世界级技能大赛并不容易。为了参赛，他每天坚持十二个小时的高强度训练。在校队选拔、市队选拔、省队选拔和全国选拔赛中，谭伟创脱颖而出，最终顺利进入国家队。

执着专一的心态引领他走向成功。"每次选拔都是一次考验，也是提升自己的最佳机会。"那段时间，谭伟创集中精力干好一件事，最终以第一名的成绩进入全国选拔赛。"我要站在世界技能大赛领奖舞台上！"这种强烈的渴望和信念在谭伟创的脑海里不断涌现，使他在全国选拔赛和随后的国家集训队8进4、4进2、2进1晋级赛中都以第一名的成绩顺利通过，成为第43届世界技能大赛CAD机械设计项目的中国参赛选手。

在处处设"坑"的赛场上，有时候一个数据的错误就会导致全盘崩溃。谭伟创摈弃那些令人心颤的杂念，全神贯注地做好各项准备工作。他结合教练与专家的意见，通过不断反复研究与求证来找到适合自己的方法，直到问题全部解决。正是这样，才养成了谭伟创在赛场上的谨慎与随机应变的能力和习惯。2015年8月11日至16日，第43届世界技能大赛在巴西圣保罗举行，来自世界技能组织的五十九个成员国和地区的一千二百余名选手在五十个项目上展开角逐。四天的比赛，不仅是对选手们建模能力、装配能力、出图能力、展示动画制作能力、测量能力以及设计能力的综合检验，更是对选手们耐力和专注力的考验。谭伟创在比赛中击败各路好手，斩获CAD机械设计项目银牌。

如今，成为老师的谭伟创，教起学生来得心应手。因年纪相仿，他能与学生们打成一片，学生们都很喜欢他。"因为专注，所以成功"，他的事迹成为学生们学习的榜样。今年，他的一名学生也成功进入第44届世界技能大赛的国赛集训。专注是锲而不舍的磨炼和追求，是百折不挠的探索和力量，是竭尽全力的催化剂。他说："人生应该用尽所有的时间与精力去做好一件事。不管成功与否，都会有所收获。"谭伟创用专注敲开成功之门。

第三部分

与梦想只差一个坚持

轮椅上的"小创客"

◎顾静怡

他,是一个花季少年,却因患病而只能与轮椅为伴。疾病使他肌肉萎缩,脊柱变形,手臂更是细得像麻秆。然而,轮椅上的少年并没有被疾病击倒,相反,凭借着天赋和对物理的喜爱,在创新创客比赛中连连获胜。他的"智能捕鼠器"在第15届全国中小学信息技术创新与实践活动中,斩获一等奖;"流浪宠物智能投喂器"更是在2017年世界物联网博览会创新创客大赛中,获得青少年组的一等奖。这位轮椅上的"小创客",就是无锡侨谊实验中学初三(3)班学生陈籽蓬。

陈籽蓬出生在江苏无锡,从小就聪明、乖巧,不幸的是,他六岁那年被确诊为假肥大型肌营养不良症(DMD)。让人无法接受的是,这种罕见的疾病至今都没有效的治疗手段。磕磕碰碰挨到四年级,他的病却愈发严重了,走路时,即便小心翼翼地扶着墙,也还是会经常摔倒。

父母心疼地劝他不要再上学了,但他却坚决不同意。他说自己喜欢上学,喜欢读书,喜欢书本散发出来的味道。拗不过儿子的坚持,父母只能为他配置了轮椅,同时把上课时间改为半天。不用担心摔倒了,坐上轮椅的陈籽蓬反而开心了。

小学毕业后，陈籽蓬进入了无锡侨谊实验中学，功课明显多了起来。由于患病，他写字的速度很慢，上课时常常来不及做笔记，所以只能用心记忆。因祸得福的是，这样反而锻炼出了他超强的记忆力。在课堂上，他不愿浪费每一秒，不愿错过老师说的每一句话，他是听课最认真的一个，学习成绩始终排在班级前五名。让人意想不到的是，他不仅学习好，而且还是科技迷。他是无锡科技展览馆的常客，也是上海科技展览馆的常客。每次去上海复查身体，他都会抓住机会去科技展览馆过把瘾。

初二接触物理后，陈籽蓬对物理表现出了极大的兴趣。他喜欢物理，几乎每次考试都是满分。曾经指导过学生在科技创新比赛中得奖的杨老师，发现了他在物理方面的天赋。在杨老师的鼓励下，陈籽蓬信心满满地参加了第15届全国中小学信息技术创新与实践活动，走上了"创客"之路。由于家里住的是老旧公房，经常有老鼠流窜，陈籽蓬就把想"收拾老鼠"的想法变成了参赛作品"捕鼠器"的设计初衷。他用马达驱动风扇，让食物的香味飘得更远，以诱惑老鼠，吸引它们"不顾一切"地前来自投罗网。捕鼠器上装有红外对射模块，只要老鼠进入红外区域，就能将其捕获。陈籽蓬聪明地让捕鼠智能化了。

在整个参赛和制作过程中，陈籽蓬负责编程，理清了"检测与机关启动"之间的逻辑关系，让构想更加合理化、更具可操作性。为了参加比赛，从2017年3月开始，在为期三个月的筹备中，他不顾身体不适，即使是半夜忽然有了新点子也会爬起来研究一番。功夫不负有心人，经过一次又一次的实验，陈籽蓬设计的"红外线捕鼠器"闯过市赛、省赛，技压来自全国六万多所参赛学校最终进入决赛的七千九百九十九名选手，夺得了全国一等奖。轮椅上的"小创客"、无锡"小霍金"的名号不胫而走。

2017年对陈籽蓬来说注定是不平凡的一年。他的身体状况让人更揪心了，病情好坏不定，脊柱侧弯愈发严重，开始压迫内脏器官，坐在轮椅上时再宽松的衣服也无法遮盖住他变形的脊柱。在妈妈的劝说下，陈籽蓬终于同意在家休养，不过，他再三强调："我不是休学，是请假，功课不能落下。"歇在家里的他对学习没有丝毫放松，成绩非但没有落下，反而前进到了班级前三名。除了功课没落下，在创新设计上他也有了新作品。源于对物理的喜欢，源于留意生活中的点滴，2017年9月，陈籽蓬创新设计了"流浪宠物智能投喂器"，并在世界物联网博览会创新创客大赛中，斩获了初中组一等奖。

疾病让他只能与轮椅为伴，但是，疾病却无法阻止"小创客"的脚步。陈籽蓬用自己的行动告诉我们：疾病并不可怕，只要心中有梦想，轮椅上的残躯也照样能创造出属于自己的美好未来。

快人一步抢先机

◎石顺江

1996年，电视剧《宰相刘罗锅》在全国热播，其中第22集有一个皇帝要吃荔浦芋头的诱人情节：刘罗锅忙不迭地抱着芋头啃，体会着百姓美食的快意；侍从用棉线一片片切下送到乾隆皇帝面前……这种美味享受引起了观众们的极大兴趣，大家都在想这荔浦芋头怎么这么好吃？而当时很多北方人还不知芋头是什么东西。就在电视剧播到二十五集的时候，大连的一位女士已经跑到荔浦芋头的产地广西了。电视剧还没播完，她就从广西批发了一车荔浦芋头赶回了大连。每斤成本不到一块钱，当时她卖两块钱一斤，一会儿就卖完了，一车赚了四万多块钱。

二十三岁时，母亲去世，给她留下了一个只有一平方米的水果摊。别人坐等顾客上门，她却主动寻找顾客。1990年前后，大连的高档酒店对果盘的需要让她看到了商机，她跑遍大连所有酒店去推销水果。2000年，大连开了第一家国际大型超市，她又第一个找到那家超市，要求为对方配送水果蔬菜，并亲自到超市卖货。到2002年，她已经变成大连市最大的超市水果蔬菜供应商，年销售额一千多万元。

2002年冬天，听说长春有一家大型外企超市即将开业，她立马赶到长春，最后以薄利多销、低价供货的方式与超市合作，很快就拥有了可观的供货份额。这让与她同时供货的其他三家本地水果商压力倍增，因为超市为了拿到价格最低的水果，采取了招标式的采购策略。为了把她赶出长春，三家本地水果供应商，干脆联手一起来对付她。2003年9月，沃尔玛超市搞蜜柚促销，当地水果经销商赔钱给超市供货，目的就是为了击垮她。在这场恶性竞争中，谁卖得越多就亏得越多！很多人都劝她放弃长春市场，她在进行了一番调查后，反而大胆地给超市做出了一个承诺：价格永远比别人低。

原来她找到了当地的蜜柚种植大户，直接收购的二百吨蜜柚，成了结束这场恶性竞争的武器。从这件麻烦事中她又看到了商机，那就是直接与果农、菜农联系。这样省去了中间环节，不仅没赔钱，还赚了二十多万，也让对手输得心服口服。

2004年初，她来到福建平和县开发蜜柚种植基地，与当地农民签了长期的包销订单。建立基地的合作方式被她复制到橘子、香梨、脐橙和苹果等全国二十二个水果产地。有产地的采购优势做后盾，她迅速在全国二十八个城市建立了物流配送中心，为全国六百多家大型超市配送水果蔬菜。

拿苹果来说，外表粗糙的尾期果，别的商家都是不愿意收购的，但她却当成宝贝。她从尾期果成熟时间长、比早期采摘的苹果甜的特点上看到了商机，用尾期果在超市搞促销。被人们当成残次品的尾期果，每年从她手里都能卖出去一千多吨，增收五百多万元。

从一平方米的水果摊起家,到拥有员工一千五百多人、年销售额六点九亿元的企业,她就是被很多人称为"创造财富的传奇女子"的刘岩。当别人问她:"在你眼里,好像赚钱的机会到处都是,你的制胜秘诀是什么呢?"她说:"如果说有什么秘诀的话,那就是比别人快走一步。商场如战场,'快'永远是商家取胜的关键。"

做生意是这样,做人做事又何尝不是呢?当机遇来临的时候,如果你能抢抓机遇,先人一步,那么,你的事业就已经成功了一半!

把屈辱挂在墙上

◎陈甲取

从香港无线电视艺员训练班毕业后,周星驰并没有得到机会立刻从事自己挚爱的表演行业,而是被安排接棒好友梁朝伟,做了儿童娱乐节目"四三零穿梭机"的主持人,播出时间是下午4点半的冷门时段。周星驰在这里一待就是整整六年。对于一名立志成为伟大演员的年轻人来说,这无疑是痛苦的。

在此期间,周星驰看着梁朝伟接拍电视剧、电影,很快大红大紫,自己却做着并不喜欢的儿童节目主持人,无人喝彩不说,还要忍受别人的漠视、歧视。有位影坛大哥当众说他"活得像狗一样",一位娱乐圈大姐大说他"你永远红不了",一位好友说他"整天做白日梦,幻想成为大明星"。更让人难堪的是,有一家报纸发表评论说,周星驰只适合做儿童节目主持人,不适合做演员。

面对诸般羞辱,周星驰没有自暴自弃,而是认认真真地把那张报纸上的报道剪下来,贴在自己床头的墙上,以此来激励自己,并发誓开创一番大事业。后来的事情,大家都知道了,靠着"无厘头"的表演方式,周星驰成为拥有粉丝无数的喜剧大师。

无独有偶,足坛万人迷贝克汉姆也曾有过类似的遭遇。1998

年法国世界杯上,贝克汉姆因踢人被红牌罚下,导致英格兰队以10人对11人,最终在点球大战中负于阿根廷,被淘汰出局,就此止步世界杯的16强。出现这样的结果,小贝自然难辞其咎,他也为自己的不理智举动付出了惨重的代价。

一夜之间,贝克汉姆由天之骄子变成英格兰全民公敌,遭受千夫所指,曾经最爱小贝的家乡的球迷,在球场用愤怒的眼神瞪着他。为了让自己知耻而奋进,小贝把"球迷的愤怒"这张照片放大后,一直悬挂在家里客厅的墙上,提醒自己永远不要忘记失败的痛苦。

孟子曰:"耻之于人大矣。"耻辱感,是我们捍卫自尊的基础与追求自强的动力。在生活中,我们每个人都难免会遭遇到冷眼、非议与侮辱。面对屈辱,有的人麻木不仁,浑然不放在心上,犹如风过水波无痕;有的人仿佛遭遇毁灭性的打击,不堪承受重压,就此沉沦;有的人,比如周星驰和贝克汉姆,却将屈辱挂在墙上,当作向上的动力,激励自己永不停止前进的脚步。

没有人知道,在成功者功成名就的背后,隐藏着多少不为人知的辛酸与委屈。但我相信,总有一些人,能够正视他人所给予的屈辱,知耻而后勇,把屈辱挂在墙上,当作引爆自己小宇宙的那根火柴。而这样的人,必定能把成功果实牢牢攥在手中。

选择一条没人走过的路

◎任 艳

戴一副黑框眼镜，笑起来"人畜无害"的胡昌然，看起来又呆又萌，同学们给他起了个外号叫"呆萌"。但胡昌然一点都不呆，2014年从北师大第二附属中学毕业后，他顺利考入清华大学电子系。错综复杂的电子线路并没有绕晕胡昌然，他又蹦又跳还弹得一手好钢琴，根本不像个"正经"的"理工男"。专业在手，兴趣广泛，未来光明无限，但即将毕业时，胡昌然却选择了一条没人走过的路。

胡昌然从三岁多就开始学习钢琴，练了十多年，八级早已达标；长大后他又迷恋上舞蹈，高中时，和一群小伙伴一起夺得全国中小学团体舞蹈比赛金奖。考上清华后，他又火速加入他倾慕已久的清华大学国标队。作为一个理工男，胡昌然明显"跑偏"了——带了一身的文艺范儿。

对于毕业后的就业，胡昌然则信心十足。左手专业，右手爱好，哪边都是现成的路。专业就不用说了，而如果从事音乐这行的话，校友李健就是最好的榜样。

可人生总是在不经意间转个弯。2016年，阿尔法围棋闪亮登场，用4：1的分数稳稳战胜了韩国围棋高手李世石。AI（人工智能）瞬间成了热门话题，也引起了清华大学计算机系副研究员胡晓林的兴趣。在分析决策领域，人工智能已经可以和人类抗衡，但在艺术创作领域的表现将会如何呢？

用AI生成音乐的DeepMusic项目应运而生，既懂计算机，又在音乐方面异常活跃的胡昌然便顺理成章地被胡老师招至麾下。但这个项目是AI在音乐领域的"尝鲜"，完全是一场前途未知的旅程，没有任何可借鉴的经验，甚至连基础数据都是空白。

进入到这个项目，胡昌然也在思索，机器是否真的能创作出比肩人类的艺术作品？没有谁能给出答案，因为这是一条没有人走过的路，胡昌然决定自己去走。

实验开始，胡昌然以为可以将一些语言处理的模型、技巧拿过来用一下，但很快就发现这根本不可行，因为和语言不同，音乐不是单一序列在时间顺序上的叠加，而是由旋律、和声和节奏多个立体维度组成，因此，建立一个模型远不是想象的那么简单。

边构思边前行，有时错了，换个零件；有时出问题，就换数据库，也有时候会把刚刚建起的模型整个换掉；有一次忙乎了两个月却在最后关头证明此路不通。胡昌然和团队就这么折腾着，直到半年后，才算勉强做出第一支demo（样片），凭借这个，他们一举获得当年微软校园精英计划全国第一名。

刚刚有点成绩，团队里的成员却因各种原因离开，但胡昌然选择了留下。不过困难还不止于此，技术也遭遇了瓶颈，从第一支demo后，机器生成音乐的水平就没有提高，要想让DeepMusic既能减少创作者的重复性工作，也能降低艺术门槛，让普通人也可以轻松创作并享受音乐，就必须解决一个接一个的难题。

解决难题的办法就是不断尝试！一个不行就试另一个，这是最笨的方法，也是最实用的方法。除了上课，胡昌然把所有的时间都耗在了实验室里，争分夺秒地写代码，经常忙到深夜才能回宿舍。尽管这样，一切还是停滞不前。整整一年，胡昌然都觉得太难熬了，甚至想就此放弃。

转机在近乎绝望时到来。在一次组会上，老师提到是不是可以试着自顶向下，分阶段生成音乐？一句话让胡昌然如醍醐灌顶，再次从头开始实验并最终成功。现在，DeepMusic作为一款AI音乐工具，不仅可以生成丰富多样、悦耳动听的音乐，还可以让音乐创作零基础的用户，通过选择乐曲时长、风格、演奏乐器等标签，在短短几秒后就能得到他们所需要的个性化音乐。

胡昌然凭此揽下清华大学第35届挑战杯特等奖、清华大学校长杯十强等奖项。有记者问胡昌然为什么敢走一条没有走过的路，他腼腆地笑着答道："虽然没人走过的路注定艰难崎岖，会有无数的未知等着我，但弯弯绕绕，每一步都是不同的风景，这其实是人生的另一种乐趣。"

"陪"完青春也无悔

◎ 胡征和

今年3月,因为央视《欢乐中国人》这档节目,一个默默无闻被摔摔打打十六年的男人,竟在半小时内被全中国熟知,官方微信文章阅读量秒破十万,百万人分享,千万人点赞,荧屏内外,人们无不为之动容。

这个男人叫刘磊磊,曾经的中国女子柔道运动员陪练。这种陪练说白了,就是女队员着力摔打的对象。刘磊磊自从上岗以来,每天被摔三百到五百次,至2017年11月退役,连续十六年被摔了二百八十四万次。

本来,刘磊磊也有一个运动员的冠军梦。2000年上半年,十三岁的刘磊磊上初一。由于他酷爱体育运动,爸爸有意识地对他进行了培养。当年的下半年他就被选入青岛市的即墨体校,开始柔道训练。刘磊磊此时有了一个梦想,那就是得柔道冠军,从市里开始,到省级的,到全国的,直到走向世界。

2001年,有运动天分的刘磊磊因为柔道成绩优异,身体条件和柔道技术突出,被选入了国家柔道队,这离他的冠军梦更进了一步。但由于当时女队夺冠希望更大,亟须高水平男运动员做陪练。为了国家的需要,刘磊磊这位铁骨铮铮的山东大汉服从组织调整,成了一名中国女子柔道队的男陪练。

第一次进入女柔队的训练场，刘磊磊就傻了。一百二十八公斤的女队员佟文一个扛摔就把身高一米八、体重近三百斤的他掀翻在地。面对佟文这个干净利落毫不手软的动作，刘磊磊忍住疼痛，还得夸奖鼓励："摔得真漂亮！加油！再来！"接下来，一招更比一招狠，过肩摔、背负投、体落，她用各种姿势重重地将他摔落在地，可他总是笑着为女队员们加油鼓劲儿："漂亮！再来！"在《欢乐中国人》现场，有嘉宾忍不住问刘磊磊："你真的不疼吗？""你为什么就不喊一声疼？"刘磊磊坚定地说："喊疼她们就不忍心真摔了，训练场不来真的，赛场怎么拿冠军！"还不仅仅是摔倒了事，摔倒后，他还得带着伤，忍着痛，爬起来，对摔得到位的队员要鼓励，对摔得不够到位的队员要纠正。

为了当好陪练，刘磊磊会根据不同队员的特点，有针对性地变换训练内容。他陪练效果极佳，不只是受到了领导的肯定，更是取得了令世人瞩目的成绩，先后陪练出佟文、孙福明、袁华、杨秀丽、刘霞、李一清、刘欢缘、于颂等世界级获奖选手，助她们获得奥运会金银铜牌、世锦赛冠军、世界A级赛冠军、世界杯冠军等。

陪练十六年，受伤是家常便饭。2004年奥运会前夕，刘磊磊陪刘霞进行实战训练。刘霞背负刘磊磊时，突然身体一软，眼看就要倒下。当时刘磊磊体重一百五十公斤，刘霞八十公斤，如果刘磊磊垂直落下，必定砸伤刘霞。"我当时唯一的想法就是宁可牺牲自己，也要保护刘霞。"刘磊磊硬是用自己的一只胳膊支撑全身重量，结果造成自己肩部严重受伤。医生建议他至少休息三天，但为了备战奥运会，刘磊磊连续打了三次封闭，一直坚持陪练到参加奥运会的队员们出发。

　　肩周脱臼、腰椎骨头裂缝、小腿骨折、两个膝关节韧带全部撕裂……刘磊磊身上大小伤病无数，而说到自己的伤痛，他却有着最大的骄傲："十六年来，我从未让运动员受过一次伤！"为了陪练出更多的世界冠军，刘磊磊时刻捍卫着这么一句话："无论什么情况下，绝对不能让自己陪的运动员受伤，什么原因都不行！"正如世界游泳健将孙杨在《欢乐中国人》上动情讲述的《摔跤吧！刘磊磊》：脚踝、肩部、腰部、背部、腿骨、膝盖，七处大伤，小伤不计其数，陪出了二十余位奥运冠军和世界冠军，在我们的奥运大军中，正是有了无数个默默奉献的刘磊磊，五星红旗才能一次又一次地在国际赛场上高高飘扬。磊磊，在这里，我想由衷地对你说，我为你骄傲！

　　《欢乐中国人》现场，奥运冠军孙福明来了，世界冠军刘霞来了，她俩拥抱着刘磊磊，含泪倾吐，她们的金牌有一半是他的！如此算来，刘磊磊应是获得女子柔道世界冠军最多的男人。

　　有人问刘磊磊，十六年，"陪"完了青春，落下一身伤病，却从未登上过梦想中的赛场，就从没后悔过？刘磊磊站在舞台中央，稳如泰山，言语铿锵，为了能培养出更多冠军选手，他无怨无悔，甚至希望刚满一岁的儿子未来可以子承父业，继续为中国的体育事业效力！

只有足够努力，才能不辜负梦想

◎ 蒲一碗

她是清华大学天体物理专业本科、硕士，曾任国际货币基金组织兼职经济学家，现任中国发展研究基金会项目主任，著有《流浪玛厄斯》《回到卡戎》等科幻小说。2016年8月21日，她的作品《北京折叠》获得2016年雨果奖最佳中短篇小说奖。

看到上面这一连串的头衔与成绩，你一定会说，这样的学霸，真不是咱们普通人可以超越的。可正是这样让人望尘莫及的学霸，却一路直呼自己是智力有限的学渣。

她的名字叫郝景芳，自小就梦想成为物理学家，高考时，她考上了自己梦寐以求的专业——清华大学天体物理专业，研究方向是黑洞观测和理论。可是，大一第一学期考试结束后，她看见同班同学的满分卷没有一处错误，她的自信心受到了打击。当她鼓起勇气向同学请教一道怎么都做不出的题目时，对方却云淡风轻地说："这道题我觉得比较简单，就没做，你自己看看讲义……"她仰望同学的光芒，感觉自己变得渺小了，仿佛有一根稻草，瞬间压垮了她内心仅存的优越感。

她坐在校外的咖啡馆里，再没有心情像平日一样享受用笔记本检测星系超大质量黑洞带来的快乐。与清华牛人的差距如此遥远,仿佛有一块棉花堵住了她的呼吸,她哽咽着,捧着咖啡杯失声痛哭。

夜晚,她随手翻看一本过期杂志,上面的一句话像绽放的莲花一样在心里盛放:"你只有足够努力,才能不辜负自己的梦想与人生。"顿时,心里的莲花、熠熠生辉。她告诉自己,不怕自己水平比别人差,就怕自己比别人不努力、先放弃了自己。遇到点儿挫折怕什么?与其在自己的世界里自怨自艾、丧失信心,还不如付出努力,让自己变得更优秀,成为别人仰望的目标。

也是从这天开始,郝景芳会抽出时间写写文章。她意外发现,写作可以缓解学业带来的压力。令她想不到的是,自己闲暇练手的第一篇小说《谷神的飞翔》获得了2007年首届九州奖征文大赛一等奖。借此契机,她被保送到本系继续读研究生。

读研究生的时候,她对经济学产生了兴趣,她在国际货币基金组织(IMF)实习、参加各种英文会议、讨论中国宏观经济,经常出国出差。即便如此忙碌,她仍然利用空余时间写出了一部长篇小说《流浪玛厄斯》。

如果你认为,一个清华大学物理专业的学霸,写写小说就已经算是跨界了,可是,这还是不够的。有一次,郝景芳去参加一个环保讲座。一个教授刚讲完,她就追问:"我们为什么不能像外国一样做好垃圾分类?"当然,她得到的答案是,这是一件很有难度的事情。于是,郝景芳特地去做了调查,之后她就决定从天体物理转到经济学方向。

毕业后，郝景芳进入中国发展研究基金会组织，成为研究一部的项目主任，工作内容包括写信给总理，建议总理推动科幻周边产业。而她最重要的工作是以基金会的名义做了一个社会实验，每日给贫困地区儿童提供营养加餐，一段时期后测试学生们的生长情况、学习情况等总结形成报告。这份报告被送到国务院，得到重视，国务院同意每年拨款一百六十亿，启动农村义务教育学生营养改善计划，每个农村义务教育阶段的学生，每天可以获得三元的补助。而在这期间，郝景芳花了三天时间，写下了《北京折叠》。

当有人问郝景芳是怎么能够身兼数职，并取得如此令人艳羡的成绩时，她说："每个人心中都有一朵梦想的莲花，若想让莲花发光，就要付出足够的努力，才能不辜负生命中的梦想之花。"

是的，当我们有了梦想，有时候缺的就是足够的努力。努力不是纸上谈兵，而是一种勇往直前的行动力，当这种行动力到达巅峰，梦想就会开花。

四十六年一盏茶

◎雷碧玉

有一盏茶，是周恩来总理的最爱，并把它作为国礼馈赠外宾，英国女王更是从这茶香里品出了春天的味道。而这盏蜚声中外的茶，是一个人用四十六年的时间倾心"揉"出来的。

这个人叫谢永中。

谢永中出生在盛产红茶的安徽省祁门县。年少时，耳濡目染，他对制茶产生了浓厚的兴趣。每到放假，他就会上山采茶，回家后跟着父母学做茶。高中毕业后，他宁愿违背父母让他当兵的意愿，也要进茶厂当一名制茶工。父母善意地提醒他，做这份工作要耐得住寂寞。他依然坚持，没有任何犹豫。

当时的茶厂有一种不成文的规定，制茶师傅都有各自的分工，徒弟们只能学习自己师傅专属的几道工艺。谢永中很珍惜这样的机会，用心跟着自己的师傅学习。

萎凋、揉捻、发酵和干燥是制茶最初的四道工序。特别是揉捻这一道，虽说只是将茶叶揉捻成弯曲的外形，看起来简单，实际却不然。它讲究的是力道，使力太重就会把茶叶揉碎，必须轻而柔。这对于一个大小伙子来说，并不容易。

为了练好这一手绝活，每天晚饭后，谢永中就撸起袖子，将茶叶放进簸箕，一来一回，用双手细细揉捻，不停重复着，经常揉到双手酸胀，抬不起来。父母心疼地劝他不要太拼命，他总是摇摇头。他始终记着上班第一天，师傅对他说的那句话："成为专业制茶师只需三年，但成为制茶大师却需要一生。"为了成为制茶大师这个梦想，他只能拼了。

凭着自身的灵气和勤劳的韧劲，他很快掌握了四道工序的要诀，而且经过这四道工序做出的红茶，已经可以在日常饮用了。可是，祁门茶共有十七道工艺，要想达到香高、味醇、形美、色艳这四绝，后面还需要十三道工序，要全部掌握，才能算是真正学会了制茶。

立志要成为制茶大师的他决意向顶尖水平发起冲击，他"破坏"了行规，软磨硬泡地向别的师傅请教。工友们很是不解，经常笑他傻，因为掌握了这几道工艺就足以轻松地当一名专业制茶师了，而他是自讨苦吃。面对别人的嘲笑，他不以为然，仍是屁颠屁颠地围着各个师傅转，力求对每个动作都心领神会。

回到家，他也不闲着，经常埋头钻研到深夜。尤其是筛茶，这是最考验茶师的手上功夫的。他每天都在客厅里双手端平筛子，练习旋转和抖动，即便是双手沉重得抬不起来，他也不肯停歇。慢慢地，茶叶在他的筛子里散开与收拢，全凭他轻轻一扬的手感。

功夫不负有心人，谢永中终于将完整的十七道工序全部学会了。这就意味着，他一个人就可以制作出香醇的祁门红茶。

制茶行当是枯燥寂寞的，很多跟谢永中一起学徒的人纷纷离场转行，可他却一根筋地往里钻。面对新机器替代传统的手工艺，他依然坚守着"老祖宗留下的东西，不能就这么失传了"。日复一日，年复一年，打袋、抖筛、撩筛、匀堆……他用心和爱将这套动作做到了极致，成为如今唯一一位全面熟练掌握十七道工艺的制茶大师。

这一套传统的筛茶动作，谢永中重复了四十六年。一万六千七百多个日日夜夜的坚守得来的报偿是：他把中国茶香揉到了纽约时代广场的大屏幕上。

四十六年一盏茶，谢永中为了心中割舍不掉的茶香情结，用他纵横交错的掌纹揉出了祁门红茶的醇厚。在重复的枯燥中，氤氲着极致的匠心。

被逼出来的顶尖人物

◎董 凡

2016年11月15日，谷歌在新闻发布会上宣布，斯坦福大学人工智能实验室主任李飞飞已经加盟公司，并将领导新成立的机器学习部门。李飞飞在她的专业领域，是个家喻户晓的人物，但是在这之前，她是个连英文都不会说的打工妹。

十六岁那年，李飞飞跟随父母到了美国。在国内，李飞飞的父母都有很好的工作。可到了美国，因为语言上的障碍，一下子陷入了困境。懂事的李飞飞明白，想要改变现状，最需要的是过英语这关。

为了练习口语，李飞飞找到一家餐馆打工。一开始老板不肯收她，原因是她不会说英语。她求餐馆里的一个中国同胞帮她翻译，并只让老板给她开一半的工资。老板考虑之后答应先让她干一个星期再说。李飞飞非常珍惜这份工作，干活特别卖力，她不错过任何一个练习口语的机会，只要有人说话，她就跟着小声说。

她很聪明，根据表情基本可以判断出他们说话的内容，不懂的就找机会问，下班回家后再跟着电视继续学，她把练习口语调到了疯狂模式。一个星期之后，她已经会说些简单的口语了。老板没有解雇她，因为她的好学精神打动了老板。

李飞飞了解到在美国申请读大学，如果成绩十分优异，可以领取奖学金。于是，她只要有空就复习功课，白天上班很辛苦，晚上很容易犯困，有时候困得眼睛快睁不开了，她就用冰块敷眼睛。每天都复习到凌晨，并在父母的再三催促下才肯放下课本去睡觉。经过一年的努力之后，她申请了多所大学，最终选择了普林斯顿，因为这所大学给她近乎全额的奖学金。

　　大学期间，父母双双失业，家里的经济出现危机。李飞飞只要有空就去做兼职，在餐厅洗过盘子，送过快餐。有个朋友知道她的处境，介绍她去给一家主人遛狗。可她从小就害怕狗，但是为了不错过这个赚钱的机会，她还是硬着头皮答应了。当主人第一次把一条身体强壮、气势强悍的罗威纳犬牵到她面前时，她差点吓哭了，不过她还是强作镇静地接过了主人递过来的狗链。

　　1999年，二十三岁的李飞飞一路磕磕绊绊以十分优异的成绩从普林斯顿大学毕业了。多家金融公司递来了橄榄枝，甚至包括高盛集团。而她却做了一个让大家意外的决定：到加州理工学院攻读博士学位。

　　一天，李飞飞看到一个两岁的孩子拿着几张图片辨认上面的物品，孩子能正确地认出猫和狗，还有冰箱等。她突发奇想，如果电脑也可以跟人一样自己辨别图片上显示的是什么，将会给人带来很多方便。

　　2000年，李飞飞开始研究计算机视觉领域。她希望计算机看到一张图片就像人的头脑一样能够分析。她和同事为来自互联网的十亿张图片进行分类、打标签，从而为计算机提供样本。因为机器只有观察到足够多的事物，才能够在现实世界进行识别。在研究过程中，经费出现了问题，她倾其所有，甚至想过边打工边维持。而让她感到欣慰的是，有三位恩师倾力指导，还有不少学生真心追随。他们对她的专业素养高度肯定，甚至觉得整个计算机视觉领域因她而不同。

通过不懈努力，她在人工智能和计算机视觉方面取得了成就。她的研究成果使得计算机能够更好地理解图片，而不仅仅限于展示图片。这为无人车自动驾驶提供了可能，计算机通过学习人脑然后自动做出决定。

前不久，她的名为《如何教计算机理解图片》的TED演讲引起了许多人的关注，她也收获了各种奖励和荣誉。

面对记者的采访，她说："能够成为世界上研究人工智能领域的领头人之一，我非常兴奋，同时也感到了肩负的责任，我会努力为社会创造更加美妙的科学技术，教育出更多出色的科学人才。"

有人说，她的运气太好了。其实，她自己最清楚，走到现在，是被逼出来的。要说有运气的成分，那是因为她一直在追求梦想的路上，从来没有想过放弃。敢于坚持，并愿意努力的人，运气真的不会太差。

把问题当成机遇

◎江东旭

18世纪初,在普鲁士的哥尼斯堡,有一条河从两个小岛间穿过,人们建造了七座桥,把两个岛屿与河岸连接起来。生活在这里的人们,常常在桥与岛屿之间散步游玩。有一天,不知是谁突发奇想,提出一个问题:一个步行者怎样才能既不重复又不遗漏地一次走完七座桥,再回到出发点呢?

许多人对这个问题很感兴趣,纷纷进行试验。可是他们发现,无论自己怎样走,要么路线重复,要么无法走完七座桥,始终没有成功。那么,到底有没有这样一种走法呢?一些熟悉数学的人们计算了一下,如果每座桥都走一次,那么走完七座桥所有的走法一共有五千零四十种,要一一实验,对一般人来说几乎是不可能完成的任务。

那么,这个问题的答案是什么呢?真有这样的一条路线吗?有的话又该怎样走呢?尽管有许多人加入对这个问题的讨论和实验,但最终一无所获。当然,话说回来,这个问题不过是点缀在人们茶余饭后的一个无足轻重的小问题罢了,有没有这样的一种走法跟生活有什么关系呢?也许只有傻子才会较真,肯花时间和精力去研究这个问题吧。

可是，真的有一个人对这个问题产生了浓厚的兴趣，他叫欧拉，当时是一名年轻的数学家。1735年，几名好奇的学生写信给正在俄罗斯彼得堡科学院任职的欧拉，请他解答这个问题。当时，欧拉正忙于数学研究，他难道会放下手中的工作，浪费时间去解答这个看起来有点搞笑的小问题吗？

让人们出乎意料的是，欧拉不仅十分重视这个问题，还亲自跑到哥尼斯堡观察了七座桥，去桥上走了几圈。他饶有兴致的样子，不像是整天与各种高深的数学理论和公式打交道的数学家，倒像个童心未泯的大孩子。

回到科学院后，欧拉向同事和朋友们郑重宣布，从这天起他将深入研究"哥尼斯堡七桥问题"。大家听了后都感到十分惊讶和不解，纷纷指责欧拉不干正事，纯粹是在胡闹和开玩笑。可是欧拉却不顾众人的反对，固执地关起门来一门心思地做起了他的"研究"。

经过一番思考，欧拉决定把"七桥问题"抽象出来，把每一块陆地考虑成一个点，而连接两块陆地的桥以线表示……时光荏苒，一年过去了，有一天，欧拉兴冲冲地向科学院提交了一篇名为《哥尼斯堡的七座桥》的论文。在这篇论文里，欧拉通过严密的论证得出"七桥问题"是无解的，即不存在不重复地一次通过七座桥的情况。更重要的是，通过研究他发现了新的定理，并为后来的数学新分支——拓扑学的建立奠定了基础。毋庸置疑，他的成果震动了数学界。

而生活中一个看似不起眼的小问题，为什么只有欧拉把它变成了数学上的重大发现并取得了成功呢？原因也许在于，一般人都只是把问题当成问题，而只有欧拉把问题当成了机遇。欧拉一生在数学领域建树颇丰，固然得益于他的勤奋以及对数学始终抱有浓厚的兴趣，也与他把问题当成机遇有关。

用我的一辈子去画你

◎本　心

　　在荷兰乌德勒支的每一个清晨，总是有一位白发苍苍的白胡子爷爷，骑着自行车在小镇的路上慢慢穿行。这时候，所有看到他的人都会微笑起来，小朋友也会跟在他的身后奔跑，并且快乐地呼喊着他的名字："米菲兔爷爷，米菲兔爷爷……"

　　他就是米菲兔之父——荷兰国家级艺术大师迪克·布鲁纳。然而在2016年的冬天过后，这一幕永远消失了……2017年2月17日，迪克·布鲁纳在睡梦中安然逝世，享年八十九岁。消息传来，无数的米菲粉丝们黯然神伤，荷兰首相吕特也发来悼词，他的去世是荷兰的也是世界的一大损失！

　　迪克出生在一个富裕的商人之家，父亲经营着荷兰最大的出版社。因为是家里的长子，迪克的父母希望他日后可以继承家族产业，参与出版社的管理和经营。对于喜爱画画的迪克来说，父母给他选择的这条继承之路让他非常抗拒。画画已经成为他生命中一个坚如磐石的信念，他不仅热爱画画，而且愿意投入一生去坚持！迪克的这种态度，让父母大为恼火，为了让迪克死心，他们以断绝经济来源为威胁，并把他强行送到伦敦、巴黎等地学习出版专业。

但是，什么事情都不可能改变迪克学习画画的决心。出国学习的那段时间，他一有机会就溜到美术馆和博物馆去看名家的画作，一待就是一整天。为了学习一种画画的技法，他经常不吃不喝反复模仿。二战爆发以后，迪克被迫中断学业，回到荷兰，迪克家的出版社也暂停营业。这段时间是迪克最快乐的时间，没有人再强迫他做讨厌的出版工作了，他开始潜心钻研绘画。迪克没有老师，就自己看书学习；不懂光线阴影，就找来大量图片自己揣摩。他心里想到什么，就立刻画下来，不满意就一张一张从头来过。伦布兰特和凡·高的画集被他翻了无数次……他的坚持终于打动了家里的长辈，1951年，父亲答应了他放弃继承家族产业的请求，并送他去阿姆斯特丹一所艺术学校系统学习绘画。迪克实现了童年以来的最大梦想，高兴得无以复加。从此，他对绘画的热情越来越浓厚，并逐渐摸索出自己独到的极简绘画风格。

1955年的一个假期，迪克和年幼的孩子们在海滩边见到一只小兔子旁若无人地狂奔，他不由得想起了幼时家里的那只兔子，这触动了迪克的创作灵感。于是当晚睡觉前，他给孩子们讲了一个小兔子的故事。为了更加生动，他亲手把故事画了出来。兔子的颜色也使用了最简单的红、黄、蓝三原色，因为简单的色彩能让孩子更清晰地感受到故事的温度。果真这个故事和图片受到了孩子们的热烈欢迎，故事中的小兔子也成为后来热销全球的童话书主角米菲。

米菲兔看似简单，却投注了迪克极大的心血。在迪克心里，没有多余线条的作品，才能给孩子们最好的视觉感受。因此每次他都会先画出素描草稿，再将多余的线条删除，直到再无一条多余的线条为止。在画米菲哭的时候，他也是先画三四滴眼泪，然后删去一滴，第二天再删去一滴，最后只留下一滴眼泪，经过删减的眼泪，在迪克心里才是最悲伤的那滴眼泪。为了完成一个十二页的画稿，迪克经常要淘汰几百张的废稿。在一次采访中，记者谈到废稿的数量，迪克用手比画了一个大约十厘米的厚度。即使如此，迪克也从来没有想过放弃，相反，他把自己的全部感情融入画册里，日复一日，年复一年，一画就坚持了五十年。

如今，米菲兔已被翻译成五十多种语言，在世界各地售出超过八十五万张画作，并与众多品牌和设计师合作，给全世界的孩子们带来了快乐！

迪克虽然去世了，但是他用一生去坚持梦想的精神却鼓舞着每一个人。对于人生中热爱的东西，我们应该拿出恒心和毅力，坚持到底，才能像米菲兔之父那样，最终收获一个卓越的人生！

把最原始的"冲动"坚持到底

◎王乃飞

1829年的圣诞之夜,有一个贫寒人家的孩子,接到了父亲送给他的圣诞礼物,是一本叫《伊利亚特》的书。

那个小孩如获至宝,一下子就扎进了书中的故事里,他看到了几千年前的一场战争,还有一个叫特洛伊的地方……

而这个小孩并不是把书看完就算了,他总在想,那个传说中的特洛伊城在哪里呢?那是个什么样的城堡呢?他问父亲、母亲,还有老师,他们都摇头,说不知道,这只是个传说而已。

可他却坚信,这不只是一个传说,在地底下的某个地方,一定有一座特洛伊城,只是人们没发现它而已。在很小的时候,那个小孩便立下了一个志向,一定要找到那座特洛伊城,把特洛伊城展现在世人眼前。

谁小时候都有过一些奇奇怪怪的想法,而那个小孩的想法,并没有在脑子里一闪而过,而是把它作为终生奋斗目标。他时时处处都关注着特洛伊城,每天都在坚持他的梦想。

等他长大后才知道,挖掘那座特洛伊城,是很困难的事,因为不仅要有几百万资金,还要精通世界历史、会几门外语。而这对于他这个寒门子弟来说,根本就不可能实现。

可他并没有因此而改变这个想法，长大后他先下海经商，短短几年的时间，他就成了百万富翁，然后他再进入大学深造，没日没夜地学习，仅两年就在巴黎顺利拿到了四个博士学位，还精通了八门外语。

在他五十岁时，他终于具备了所有发掘特洛伊城的条件，最后他用仅仅六年的时间，发掘了整个特洛伊城。一个出身低微的人，终于把小时候的梦想实现了。

他就是德国人什里曼，现代考古学的鼻祖，他用他毕生的精力，把一个神话拉回到现实中。

同样，墨西哥有一个小孩，他十二岁生日那天，亲戚给他买了一部小照相机，他高兴得手舞足蹈，拿着照相机到处乱拍。后来他又意识到，不能看见什么拍什么，要用照相机拍出有质量的东西来。他就更用心地去拍摄，培养了对镜头的捕捉能力。

那部照相机还引发了他对电影的热爱，在初中时他就立下志向，长大后当一名优秀的导演，拍出世界上最好的电影，并拿下电影界的桂冠——奥斯卡金奖。可是当他把这个志向说出来时，却遭到身边人的反对，母亲对他说："你没有拍摄电影方面的天赋，应该老老实实学习专业知识，将来好糊口。"

而这并没阻碍他对理想的追求，他挤出一切时间来，去电影学校里学习电影。

大学毕业后，除工作外，他在业余时间也学习电影艺术，钻研电影教材。

终于有了一个机会,他参加了一部电影的幕后工作,让他大展身手。以后,一发不可收拾,他干脆辞掉了工作,参与了多部电影的拍摄工作,虽然与出色的导演还有着一段距离,但他仍不灰心,边参与电影的拍摄,边不断学习。

后来,他终于独立拍摄了一部电影,并且拍摄成功,好评如潮,连连获奖。他也因此一鸣惊人,受到好莱坞制片人的关注。

以后,他又拍摄出了更多佳片。可这些成绩并没让他停止前进的步伐,最后,他攀登上了电影界的巅峰——奥斯卡金奖。

他叫卡梅隆,他导演的《地心引力》获得了第86届奥斯卡最佳导演奖等七项大奖。

从一个小孩接到礼物,到小时候的梦想成真,中间几十年的时光,贯穿了几乎整个人生,他们是怎么坚守的呢?

谁都不想平庸地过一生,谁都有过立志的时候,我们应该静下心来想一想,自己这一生立过多少志?谁能把小时候的一个想法用一生来实现呢?谁能把小时候的一个冲动,作为一生的奋斗目标,并坚持到底呢?

一个坚持梦想的人,不管成功与否,他的人生都是美丽的。

与梦想只差一个坚持

◎张巧慧

他曾是一名武大硕士研究生，四年后，却在世界咖啡师竞赛中二度蝉联世界冠军，成为享誉全球的咖啡界大咖。他就是因梦想绽放美丽人生的叶志勇。

叶志勇从小就是众人眼中的"邻家男孩"，一向以学霸著称的他学业、事业都顺风顺水、青云直上。2013年，他硕士研究生毕业，上海一家实力雄厚的外企向他伸来了橄榄枝，他成为许多人仰慕的大都市白领。然而，半年不到，他却做了一个惊诧众人的决定，辞去待遇丰厚的工作，与朋友合伙奔赴河南郑州，准备开一家咖啡店。他的这个近乎疯狂的决定，遭到了父母的强烈反对，父亲软硬兼施好话说尽，动之以情晓之以理，他却异常坚定地回复："我的青春我做主，我不想让自己最美好的年华消逝在一眼就能够望到头的单调和乏味里，这样无休止的出差加班，终日像个机器一样做毫无技术含量的工作，表面光鲜实际糟糕透顶的状态终将会辜负未来的自己。我不想辜负，我一定要让梦想精彩绽放。"

叶志勇的咖啡店虽然小，却装修得温馨而浪漫。在这个十几平方米的小店里，他每天像打了鸡血一样兴奋，冥冥之中，这个人生的拐点像是上帝最善意的安排，他一下子爱上了咖啡，也终于找到了人生的方向。咖啡梦在他心里像一颗种子瞬间生根发芽，疯狂成长。

然而，理想很丰满，现实却很骨感。咖啡店的生意从一开始就经营惨淡、举步维艰，几家咖啡知名品牌来做过市场调查后都知难而退。叶志勇冷静下来后，也发现了曾经被他疏忽的一个习惯——郑州虽是省城，却没有喝咖啡的氛围和习惯。是放弃还是顶风前行，成了叶志勇最痛苦的纠结。

"任何的努力都不会白费，我一定要把自己喜欢的事努力做到极致，上帝迟早会被感动，将好运给我。"每当叶志勇迷茫彷徨时，来自心灵深处的另一个声音就会在耳边响起。于是，他就会瞬间热血沸腾，坚持，再坚持，再苦再难都不能当逃兵。

叶志勇每天起早贪黑，不知疲倦地守在咖啡店。为了更好地了解咖啡，他特意淘来有关咖啡方面的书籍，利用闲暇深入学习咖啡文化、咖啡技术、咖啡的渊源和各大知名品牌的创业史、品牌故事。咖啡的挑选，烘焙，研磨，萃取，冲泡，每一个程序他都精益求精亲力亲为。哪怕一颗有点瑕疵的咖啡豆都不能逃过他的火眼金睛，他说："我就是想要把眼前的咖啡豆，通过我手中的技术变成人人喜欢的艺术或文化。"为了把咖啡店经营得有声有色，叶志勇白天工作，晚上学习，累了困了，就喝杯咖啡提神。为了更好地满足顾客的需求，调制出口感更佳的意式浓缩咖啡和美式手冲咖啡，他一次次不厌其烦地实验，严格控制掌握烘焙机的温度和时间,力求从他手中诞生的每一杯咖啡都是精品,让每一位顾客都能得到女皇级的享受。他甚至每天只睡三个小时,有时忙到太晚,就索性在咖啡店里打个盹。

两年不到的时间,以学霸著称的他成了真正的拼命三郎,真可谓天道酬勤,他很顺利地考取了咖啡师、烘焙师、咖啡品质鉴定师等国际级的资格证书,还成了颜值爆表的国际咖啡师讲师,定期举办咖啡知识讲座。有颜有才的他不但拥有了众多的粉丝,成了全国咖啡行业的名人,他所经营的咖啡店也终于熬过了低谷严冬。

2016年12月,叶志勇代表河南赛区参加了世界咖啡师竞赛,虽然强手如林,但他再次脱颖而出。叶志勇手捧奖杯,璀璨的镁光灯下,他儒雅而自信地回答记者的提问:"任何的努力都不会白费,你与梦想或许只差一个坚持。行百里者半九十,当你坚持不下去时,你就再坚持一下好了。也就是因为最关键的最后一个再坚持,你终将会跨过命运的拐点,迎来梦想的春暖花开。"

不向命运低头的"中国凡·高"

◎刘茂英

在湖北仙桃市一户村民的屋子里,贴满了令人震撼的《城管来了》《不羁的牛》等画作。这些画作的主人,没有从过师,完全凭着一股对绘画的痴迷,最终获得了众人的称赞。

他就是一个完全"钻进画里"的人。对绘画的痴迷,曾让他经历过许多不小的尴尬。

有一回,他正在镇上闲逛,一个小孩子的风筝被挂在了树上,请他帮忙取下来。他想都没想,立即手脚并用,几下就爬上了树。

他取了风筝正要下来,无意间透过一扇开着的窗,瞥见了一幅画。那幅画的构图和色彩似乎有一种无形的引力,把他深深地吸引住了。"画得真好!"他不自觉地发出一声赞叹。树下的小孩等得不耐烦了,催他,他才猛然回过神来。

晚上,那幅画一直在他的脑海里沉沉浮浮,让他根本无法入睡。他干脆翻身起床,找来半截铅笔、一个残破的作业本,按头脑中的印象画起来。他画了又擦,擦了又画,感觉始终少点什么。迷迷糊糊中,他听到母亲在喊他,抬起头来,才发现天已大亮,而自己还趴在作业本上。

那天,他的脚往学校的方向走着,头脑里却全是那幅画的影子,不知不觉,竟然又来到了那扇窗下。窗户被关得牢牢的,上面贴着变黄的报纸,报纸一角已经残缺不全。透过那处残缺,他只能看见屋里的一小块内景,却根本看不到那幅令他魂牵梦萦的画。

不甘心的他,鬼使神差地找来一根木棍,用劲去撬那扇窗。许是把动静弄大了,惊动了屋里的人,他被人家七手八脚地当作小偷捆绑起来。经过几番盘问,他不得已道出实情,并指着墙上那画,信誓旦旦地说,他要画一幅与那张一模一样的画。人家对他的话不以为然。

他不服气,花了好多天时间,凭借记忆终于临摹成功了。他仔细看了看自己的画,然后兴奋地奔出家门。他要去证明自己的"清白"。哪知,人家只是冷冷看了他一眼,嘲笑一番,不客气地将他赶了出去。

受到打击的他,并没有气馁。为了提高自己的绘画水平,他常常骑上自行车,颠簸八十多里路,去仙桃市区买绘画笔,买印有毕加索、凡·高作品的书。没钱时就待在书店里看,直到书店关门,再拖着麻木的双腿在夜色中赶回家。

后来,他听人说深圳大芬村有许多画廊和工艺门店。喜出望外的他,立即背上行李前往大芬。令人沮丧的是,他的作品只换来了别人的嘲讽。

"就算吃一千次苦头,受一万次冷眼,我也不会放弃追求梦想！"坚强的他暗暗下定决心，几乎把全部精力都放在了绘画练习和对绘画的思考上。时间快得像脱缰的野马，似乎一个转身的工夫，不服输的他就坚持了20年，从素描到油画，他的画作积累了近千张。

"我会遇到伯乐的！"他常常这样自我安慰。

2010年，他做设计师的同学回乡探亲，到家中来看望他。同学刚跨进门，就被他满墙五颜六色的画作震撼了，赶紧掏出手机，咔嚓咔嚓拍了很多照片。回城后，他的同学立即写了一个题为《我的农民画家兄弟》的帖子，发到凯迪网艺术社区，同时附上了他的画作。帖子立即被频频转发，引来数十万网友的围观和崇拜。其中一名买家花了五千元钱买走了他五幅作品，他第一次用自己的画提高了生活的品质。

2015年初，他在北京798晨画廊举办第一次画展，一百多万粉丝从全国各地赶来欣赏他的画作。著名评论家郭宇宽博士说，他的画像凡·高一样有变形，有视觉冲击力，让人看着有一种心酸，又充满希望。

当他举办第二次画展时，作品很快被抢购一空，一周就达到了一百三十万销售额。他就是被称为"中国凡·高"的农民画家，作家陈敏笔下《不羁的土豆——熊庆华的非常生长》的主人翁，熊庆华。熊庆华完全凭着自己对绘画的热爱和坚持，还有不向命运低头的决心，才成了今天的"中国凡·高"。

谁的人生没有冷眼，谁的人生没有嘲笑？聪明的人把冷眼和嘲笑当作燃料，把自己燃烧得更旺，发出更加耀眼的光芒。"没有冷眼和嘲笑的人生，是不完全的人生。"熊庆华自嘲地说。

有梦想，就一定要捍卫它

◎张宏宇

19世纪初，在法国的一个小城，一个小男孩整天幻想着要去月球。这遭到了周围同学的讥笑，很多同学都认为他精神不正常，不愿意和他一起玩耍。男孩迷恋着未知的世界，喜欢读科幻书籍，从小便对天文充满浓厚的兴趣。

他最喜欢的事情就是每天晚上坐在路口仰望天空，在明亮的月光下，欣赏月球。他梦想着有一天，能够长出一双翅膀，飞向月球。他每次都会伸出手，想拥抱近在眼前的月亮，但总是无法触摸到，他很想知道，月亮就是一个小圆球，近在眼前，却为什么总是无法捧在手中呢。

为了这个梦想，他决定离家出走，追逐着月光的脚步，去寻找美丽的月球。于是，有一天他偷偷地从家里跑出来，溜上了一艘商船，企图随船出海，去寻找月球。可是当他上船后，没多久便被船员发现了，他被送回了家。无法到外面的世界寻找梦想，他只能躺在床上在幻想中旅行，他把各种"离奇"的想法记在纸条上，到毕业时，他集满了三大箱子的纸条。

1847年，男孩被父亲送到巴黎学习法律，父亲希望他将来能够做一名法官，但男孩无心学习法律，还是喜欢沉浸在科幻的梦想里。他开始写小说,在父亲的眼里,男孩已经到了不可救药的地步,成了一个不务正业的人,于是父亲便断绝了对男孩的经济支援。

男孩开始写他的梦想,那三大箱子纸条上的文字成了他最大的财富。他只能靠写作维持生计,但靠写作是吃不饱饭的,他写出来的文章根本没有地方可以发表,偶尔发表一篇,拿到的稿酬也是非常少的。

在巴黎的那段日子很苦,没有朋友的帮助,也没有了经济来源,但他依然捍卫自己的梦想,他把全部的精力都花费在了图书馆里,写了很多书。但令他没有想到的是,竟然没有一家出版社愿意出版他的书。他一气之下把书稿投入了火中,燃烧的火焰烧了他的书稿,但并没有烧掉他的梦想。

有梦想,就一定要捍卫它。他卖掉了所有可以卖掉的东西,换来稿纸,没有地方可以创作,便在图书馆里写作,他穷得一天只能吃一顿饭,但他依然坚持创作,活在他的梦想里,用梦想充实着自我。每个人都是有梦想的,只要勇敢地向前走,向着梦想走,迎接各种困难、各项挑战,便会遇到机遇、收到惊喜。在一次次的失败后,男孩终于接到了一家出版社同意出版他书稿的通知函。

梦想不会因为时间而褪色,反而更显珍贵,捍卫梦想需要"锲而不舍,金石可镂"的坚持。有了一次的成功,男孩便加倍地努力,写出了一部又一部科幻小说经典的作品,如《地心游记》《从地球到月球》和《海底两万里》等，他一生写了六十多部大大小小的科幻小说，他就是法国著名作家儒勒·凡尔纳。

只要你坚守自己的梦想不动摇，就会有实现它的那一天。相信梦想的力量，期待意想不到的奇迹的发生，没有什么不可能的。捍卫梦想，并持之以恒地努力和坚韧不拔地奋斗，终有一天，你也会梦想成真的。

努力是奇迹的另一个名字

◎王宁泊

2016年的里约奥运会上,来自尼日利亚的选手阿鲁纳被称为乒乓球男单比赛的最大黑马,他先后淘汰了两位世界一流选手庄智渊、波尔,成功晋级八强,成为第一个也是唯一一个进入奥运会八强的非洲选手。这在非洲乒乓球运动的历史上绝无仅有,堪称奇迹。

然而,奇迹从来不会无缘无故产生,它只留给那些努力的人。为了这个奇迹,阿鲁纳付出了二十年的努力。

阿鲁纳出生于尼日利亚的一个小镇。在尼日利亚,乒乓球这一运动项目并不受大多数民众的欢迎,也并未得到普及。但小阿鲁纳却偏偏喜欢乒乓球,喜欢看小小的银球像精灵般在球拍间跳动,喜欢听富有节奏的乒乓乒乓声。从小,当别的孩子都在足球场奔跑玩耍时,阿鲁纳却喜欢拿着一个简陋的乒乓球拍,独自对着墙壁练习击打。

小镇上会打乒乓球的人不多,起初还有人能教教小阿鲁纳,从简单的挥拍到基本的步伐,阿鲁纳进步特别快。随着年龄的增长,阿鲁纳的球艺越来越高,在小镇上,已经没有人是阿鲁纳的对手了,毕竟喜欢这项运动的人太少了,高水平的人更少。父母不愿意阿鲁纳在一个看不到前景的事情上投入太多，不想让他继续打下去。可是，阿鲁纳却不愿放弃自己的乒乓梦，他觉得只要自己好好练习，就一定能够打出名堂，鼓励更多他们国家的人参与到这项运动中，让这个运动项目在他们的国家发扬光大。

此后，阿鲁纳不断辗转各地，拜访国内的乒乓球高手。非洲大陆的乒乓球运动不发达，他就到欧洲的葡萄牙拜师学习，积极参加那里的乒乓球联赛，锻炼、提高自己。为了心中的梦想，阿鲁纳以常人几乎无法忍受的毅力艰辛训练，打法日趋成熟，开始崭露头角。

2012年，阿鲁纳信心满满地报名参加了伦敦奥运会，希望可以取得好的成绩，证明自己多年来的努力。但是，现实很残酷，虽然他已尽了全力，但依然在小组赛中便遭遇了淘汰。这次打击对于阿鲁纳来说无疑是沉重的。世界乒坛一直以来都是亚欧选手的天下，乒乓球在非洲原本就处于边缘化，无论官方还是民间都不看好这项运动，阿鲁纳的失利更是给了更多人指责他"不务正业"的理由。

周围人的不理解，因首战告败而产生的失落，非洲乒乓球资源的缺乏，让阿鲁纳也变得迷茫了，难道自己的选择错了？继续坚持下去，还有价值吗？

有一天，他无意中看到一个短片，讲述咖啡如何从一颗小小的种子成为人们手中香气四溢的咖啡，阿鲁纳没有想到自己习以为常的咖啡竟然那么来之不易。那一刻，阿鲁纳豁然顿悟，一颗咖啡种子尚且要经过那么多的磨难，有寒冷的黑暗，还有高温的烘烤，才能够散发出馥郁的香气。自己那么热爱乒乓球，又怎么可以因为一次失败就放弃呢？梦想实现的过程必然是艰难的，但正如种子的破土而出，又怎么能因为眼前一时的黑暗就放弃即将到来的光明呢？

在之后的日子里，阿鲁纳加大了训练量，后来又在教练的推荐下专程到中国强化训练。在中国训练的那段日子，他如饥似渴，每天都要挥臂上万次，以至于肩部损伤，胳膊浮肿，但他依然忍着疼痛挥拍练习，训练用的球拍、球板和手柄上都磨出了深槽和指印坑。

很快，阿鲁纳的球技有了突飞猛进的进步。在2014年的男乒世界杯上，阿鲁纳一举击败了中国的樊振东、许昕，获得了国际乒联年度最佳男运动员的荣誉，同样在那一年，他的世界排名上升到了第三十名，这是非洲乒乓球从未有过的荣耀。

2016年的里约奥运会，阿鲁纳更是大放异彩。他充分利用自己步法灵活、正手打击力度大、攻击力强的特点，先是淘汰了中国台北的名将庄智渊，之后，在对阵前世界冠军波尔的比赛中，阿鲁纳发挥了自己正手击球速度快、反手击球速度慢的特点，让身经百战的波尔摸不着节奏，败在了他的拍下。虽然之后在对战马龙的比赛中败北，最终无缘晋级四强，但是比赛结束的那一刻，场上所有的观众依然把最热烈的掌声送给了他。因为，这个面孔黝黑的小伙子，以一己之力，改变了人们对非洲乒乓球的印象，已经足以震惊世界乒坛。

如果说这世上真有奇迹，那么努力才是奇迹的另外一个名字。因为，就像机会只给有准备的人，奇迹也只发生在努力的人身上。在人生的跑道上，只有心存梦想，并坚持不懈地为之努力，才有可能书写自己的传奇。

第四部分 用一生追梦

大匠无名

◎ 刘　江

这是一间已有几十年历史的破旧厂房，墙皮脱落，四处透风，墙壁两边是一排由砖头和木棍撑起的板子组成的工作台。放眼望去，整座厂房没有一台可供取暖或降温的设备。这样的工作环境一般人根本受不了，而他在这里一干就是一辈子。他就是安徽省泾县宣笔厂的厂长陈家驷。

作为文房四宝之首的宣笔，距今已有两千多年的历史。宣笔的制作工艺极其复杂，选料、水盆、制杆、齐毫、扎笔、装毫、修笔，一道道程序，全应古制，学起来极其不易。

仅是选料，就极为严格。由于紫毫笔只能用野兔毛制作，所以一到春天，陈家驷都要进山收购山兔。而一支上等的紫毫笔，只能选用野兔脊背到兔尾的那一小段毛。《唐律》记载，每年宣州紫毫的进贡数量，青毫六两，紫毫三两，因为少之又少，所以千金难求。除了选料的严格，水盆工序最为复杂，它直接决定了一支笔的好坏。

水盆，是指工匠在水中用手收拢毫毛，将其搭在笔头的雏形。例如兔毫，是从细到粗，再从粗到细，把最粗的跟最细的根和蕾对齐，拖下来，混合之后就能形成一支笔，不同选材的毛笔有着不同的技法，因为工序繁琐，没有耐心，很难学会。最难熬的是冬天，因为天气潮湿阴冷，人体的不适感极强，可水盆又必须在水中完成，一年年下来，陈家驷不可避免地患了风湿，天气一冷，关节就疼痛不已，可他却丝毫不以为意，他常说："宣笔产于我们安徽泾县，如今已被列为国家级非物质文化遗产，我要将这门手艺一代代地传承下去。"

伴着夕阳的余晖，陈家驷的面庞渐渐模糊了，我仿佛穿越回了两千年前，眼前出现了一栋充满了灵气的古屋，古屋内点着一盏盏古制的煤油灯，几个青年和一个华发老人，嘴衔细线，将一个个笔头如刺绣般扎在一起。我突然明白了，匠人，不仅是一个名词，更是一种精神、一种信仰。

我被陈家驷打动了，因为他的笔，以及附着在笔上的温度。可令人感到心酸的是，拥有宣笔制作传承的他，由于只念过小学，没有学过高数和英语，什么"专家""技师"等头衔都与他无缘。由于收入低微，他厂里的制笔匠人也减少至四人。

"科技发展了，用毛笔的人也越来越少，一支笔一毛一的利润加之漫长的培训期，根本无法吸引年轻人。如今，我们的厂子最年轻的工匠也有四十多岁了，传承成了最大的难题。"看着空荡荡的厂房，陈家驷紧锁着眉头。

为了宣笔的传承，陈家驷想过许多办法，比如找村里的留守妇女来填补空白，可是没过多久就被陈家驷否定了，因为留守妇女普遍年龄偏大，无论是眼力还是学习能力都降低了不少，很难在三年内学会这门复杂的技艺；他还曾想过提高收入来吸引年轻人，可由于学习期过长且没有收入，大部分的年轻人还没学成就离开了。

有一次，有记者在泾县采访，当谈到关于宣笔的传承问题时，本以为陈家驷会发一通牢骚，可没想到，他仅仅是皱了一下眉，很快就开心起来，说："村里有个年轻人对传统的宣笔制作很有研究，我们集体决定未来就将厂子交给这个年轻人，宣笔的工艺，需要他们一代代传承下去。"

"江南石上有老兔，吃竹饮泉生紫毫。宣城之人采为笔，千万毛中拣一毫。"这几句白居易的《紫毫笔》中的诗不仅是对宣笔工艺的精妙描述，更是对所有非物质文化遗产传承人精神的表达。大匠，是一种手艺，更是一种精神，蕴藏着敬畏和一种超乎寻常的热爱。

大匠无名，唯匠心永存。

我就要我的"派"

◎任天军

从小,他就是个贪玩的孩子。在南京,他经常跟父亲到"两广会馆"看京剧,不只是玩玩票友,还学会了拉胡琴,甚至买回髯口、马鞭、靴子,每天吊嗓子、摆功架,十足一个戏痴。

十七岁那年,二哥去日本留学,他放弃热门的化工专业,报读了好玩但就业机会渺茫的美术。他先跟随藤岛武二老师学画,后转入中村不折先生门下学素描和油画,还喜爱上了当时非主流的西方凡·高和高更的绘画风格。让人奇怪的是,学画的同时,他还玩性不减,课余时间学起了拉小提琴,每天咿咿呀呀,却没有一步步考级,只是觉得好玩。

六年后,他回国并开始在上海神州女学、上海师范学校等学校任教,也开始绘画创作。让人不解的是,在工作和绘画之余,他更加频繁地出入剧院看戏,常戴上全身行头练戏,甚至能唱出一整本戏。有时为了演得更加逼真,他还经常花钱请好朋友盖叫天当自己的老师。朋友演戏时,他就在旁边认真地揣摩他一招一式的身段和神情,回家就赶紧画个速写,一张张比较,找到最动人的一张就保留下来。

让人大跌眼镜的是,作为留洋画家和教授,他没画当时最流行的树木花卉、高雅秀美的仕女及丰富奇特的山川风物，只是画自己看过、听过、演过的戏曲里的人物。虽然戏曲人物在平常百姓之间很流行，但要命的是，他的画就像小孩胡乱画成的，不仅线条钝滞、迂缓，而且很多人物的脸有西方野兽派的感觉，人物的比例也不那么精确，要么手弯得过了，要么腿短了点儿。

起初，他的画遭人诟病，很多朋友都劝他画些大家易接受的事物，或多一些常规画法，可他说，轻易放弃最喜欢的东西，去寻求不感兴趣的追求，不是自寻烦恼吗？我就要我的"派"。他不管别人评价他的画"丑"，照常在工作之余抽空看戏、演戏，并画下熟悉的小说、戏曲里的人物，一幅幅关于孙悟空、武松、关公、杨贵妃等的作品也逐渐面世，还表现出了与众不同的神韵。人们渐渐发现，一幅《孙悟空三打白骨精》，孙悟空黑衣黄裤，手执金箍棒从天而降，正要打向白骨精，红色脸谱后的眼睛，黑白分明，瞳孔张大，一身正气。"吼！"白骨精吓得直跌坐在地上，漂亮的脸庞上只剩下慌乱，随手抓起佩剑，胡乱遮挡。一幅《孙悟空大闹天宫》，孙大圣很有神威，他凶狠地踩在神仙身上，天兵天将吓得坐在地上，玉帝老儿作势要跑，好像马上要听到噔呛噔呛的乐曲声。《武松打虎》中，武松的眉毛拧成一团，眼睛死盯着老虎，正与老虎酣战。《勇晴雯病补孔雀裘》中，晴雯眼神专注，宝玉眼里更多的却是对晴雯的担忧和关心。

随着时间的推移，人们越来越了解他和他的绘画。朋友盖叫天挺他说，他不仅在"还原舞台"，还是在"创造舞台"，他笔下的武剧人物静中有动，不像在画里，倒像在戏台上，举手、抬脚、抚须、回头、瞪眼、大喝、舞刀、弄枪……每个动作都有一股蓄势待发的架势，就像是被相机拍的，有一股神气劲儿，丑萌丑萌的。画家李苦禅也说："他的画法叫作得意忘形，即重神而不重形啊。"

是的，他就是著名画家关良，一位和花鸟画大师齐白石、山水画名家黄宾虹齐名的近现代中国名画家。他坚持自己的特色，在传统戏曲里吸收养分，将中西画风融会贯通，在戏曲人物里展现世间百态、七情六欲，郭沫若评价他说："关良就是关良派。"

成功，除悟性外，还得有点轴劲，即"我就要我的'派'"的自信和执着。

"海鸥5号"——景海鹏

◎苗向东

在一次接受采访时,航天员刘伯明说:"景海鹏是我们航天队篮球打得最好的。"

景海鹏小学五年级时,就喜欢上了打篮球。家里买不起运动服,父亲就给他买了件背心,正面画上海鸥和大海,后背写上大大的"5"号;母亲用自家织染的蓝布,为他裁剪了一条短裤。

可是景海鹏个子不高,总是上不了场,只能坐冷板凳,给正式队员拿衣服、毛巾、拎包。那时候他心里委屈极了,回到家就蒙在床单里哭,他做梦都想成为学校篮球队的正式队员。爸爸说:"哭有什么用?不服输就练!"

那时家里穷,买不起篮球,于是他从邻居家借来一个脱了皮、瘪了气的篮球,在自家土墙上用粉笔画了一个篮筐,然后他每天放学后就对着那个"篮筐"投球。再后来用一个铁丝圈代替了它。当他投篮练得百发百中时,他又觉得自己矮,还得练弹跳,自己哪里不足就练哪里。就这样,水平提高后,他有了上场的机会,成了篮球队中的一员。

可是上中学后,同学们的个子一个个抽条,突然就蹿上去了,他营养不良,个子不高就成了劣势,在最初学校成立篮球队时，他又一次落选了。但这一次，他没有落泪，而是更加刻苦地训练。苦练之后，他带球的速度特别快，别人就是空手都跟不上；他身体特别灵活，就像泥鳅一样，善于左挪右闪，游刃有余；他的弹跳力也很好，跳起来手都能够上篮球板，投球命中率又高。平时课外时间他一有机会就展示自己的篮球特长，后来同学们觉得他太厉害了，都来为他说情，就这样他终于成了队员，虽然只是替补。1984年运城地区举办高中篮球联赛，在一次关键比赛中的最后时刻，队里主力受伤下场，景海鹏替补上场。他一上场就给人们带来了惊喜，表现出色，迅速扭转了落后七分的局势，决赛最后时刻景海鹏以一个"压哨三分"帮助自己学校夺冠。这之后，他成了篮球场上永远的主力。

此后景海鹏渐渐地因打篮球出名了，还参加了公社的篮球比赛，成了"明星"。一天，他到供销社打酱油，供销社有个阿姨边打酱油边打量他："你不是那个'海鸥5号'吗？"原来前几天公社组织了一场球赛，那天他也参加了，他穿着自己的招牌"5号"。一开始上场没人注意他这个小个子，但接连几个漂亮的投球一下子把大伙的目光都吸引住了……没想到这个阿姨记住了他这个"海鸥5号"。打满酱油他掏钱的时候，阿姨连忙说："球打得好，不要钱了！"这是他人生中得到的第一次奖励。那一刻，他认识到，为了梦想所有的努力和付出都是值得的。

梦想成真的感觉真好！从那以后，景海鹏打篮球的水平迅速提高。崇尚体育，喜欢锻炼，成为景海鹏生活中重要的内容。

正因为这样,才磨炼了他的意志,铸就了一个好身体。1985年6月,十八岁的景海鹏考上了保定航校,只有一米七二个头的景海鹏本来并没有优势,可是训练时他一连投进七十四个球,创造了同学们中的最高纪录,于是他进了球队。他在前锋的位置表现得很出色,被誉为"钢铁前锋",并很快成为篮球队队长。在第一学期全校比赛中,景海鹏带领的篮球队连大队都没出线。景海鹏对队员们说:"没事,咱们再练,一定要拿第一。"经过苦练,这支篮球队在第二个学期大队出线,并且毕业时拿到了全校的篮球冠军。

后来景海鹏到哪个队,哪个队就是冠军,他靠的是"不服输的精神"。景海鹏通过打篮球,明白了一个道理:"只要努力,谁也不比谁差。"最后他不仅成为航天大队篮球打得最好的,而且保持了航天员训练成绩十二年最好,从而创造了中国航天史上"三上太空"的新纪录。

"写"出来的电影人

◎周筱谷

来香港之前,冯兆华怎么也不会想到,他会因为写字而成为一个名满天下的电影人。

1948年冯兆华出生在广东顺德的一个普通家庭,家里的长辈都是书法爱好者,耳濡目染,哥哥姐姐们也都练上了字。作为家中的老五,因为家境并不宽裕,他只有跟在后面捡拾秃笔的份儿。

不过有支秃笔还是聊胜于无,冯兆华倒并不在意。闲暇时间,一支秃笔,一张报纸,便成了他儿时最忠实的玩伴。也有连纸笔都缺的时候,但这难不倒冯兆华,"山人自有妙计",上天已经为他准备了用之不竭的最好纸笔。每天一放学,冯兆华就会跑到离家不远处的一条小河边,扔下书包,折一截树枝,一屁股坐到地上,脚下的沙地就成了他的世界。

有一天冯兆华练字练得累了,顺势仰身往河滩上一躺,目光就直勾勾地定在了天上。一直以来只是专注于地上的冯兆华,从没有留心过头顶上的那一片天。一碧如洗的蔚蓝里,棉花糖般的白云仿佛在不经意间幻化出多种姿态,淡泊纯净,让他情不自禁地发出声声低叹;太阳快落山时,片片云彩因为镶了金边而光彩夺目，灿烂辉煌；而那阴雨天里乌云的翻滚，又何尝不是一种按捺不住的力量的展示？在冯兆华的潜意识里，云朵的每一个变化都在表达着一种态度、一份心情。

1979年，三十一岁的冯兆华来到香港，在亲戚家的电器行做事，百忙之中他依然没有放弃练习书法。不久"香港青年学艺比赛"开赛，冯兆华在工友们的怂恿下报名参赛，居然拿到了优异奖。从此就不断有邻居上门找他写招牌，冯兆华干脆离开电器行自己创业，开启了他的写字生涯，并在朋友的建议下改名为华戈。

入行后华戈才发觉，香港的"写字佬"有很多，要想在这一行立足还真不是一件容易的事。他开始寻求突破，想让自己的字别具一格。有一天华戈写字归来，路上突遇雷雨天气，他抬眼看了看乌云翻滚的天空，儿时观云的情景又映入眼帘。他不禁心中一动："草圣"张旭就是观看了公孙大娘的舞剑才悟得了狂草之神韵的，我何不借鉴于天上的云呢？

从那以后，华戈写的每个招牌字都极具个性：酒店的招牌让人有宾至如归的感觉，学校的招牌四平八稳、雄浑敦厚，而武馆招牌则蕴藏刀剑的凌厉。很快他就被影视圈的人"盯"上了。

1989年，洪金宝介绍华戈为电影题写片名，刘德华和钟楚红主演的《爱人同志》是他题写的第一部电影。之后找华戈写片名和海报的人就渐渐多了起来，《倩女幽魂》《逃学威龙》《大话西游》《美人鱼》等众多片名都是华戈的杰作。每次写字以前，华戈都会与导演沟通，了解影片的内容和角色性格，再写出被他赋予了灵魂的字。如写《倩女幽魂》时，华戈把笔迹拖得无比缠绵，充满苦楚幽怨，并在字词之间注入了一丝"妖气"；他写的《一代宗师》，那如刀的"一"字让挑剔的王家卫也眼前一亮，一遍喊过。

迄今为止，华戈题写的片名已经超过六十部，他的笔法就像天上的云随心所欲，他人很难模仿。如今华戈已经成了香港最有名的一个"写字佬"。

幸运之神看似在华戈不经意时光顾了他，但华戈知道，是自己那支从没有停下的笔，让他"写"成了不可替代的电影"大咖"。

用一生追梦

◎王新芳

他是一个对翻译充满热情的老人，是目前中国唯一能在古典诗词和英法韵文之间进行互译的专家，2014年，荣获国际翻译界最高奖项之一"北极光"杰出文学翻译奖。他用一生的时间追求梦想，不时有一些狂妄之举。

1921年，他出生在江西南昌一个幸福的家庭，表叔熊式一是位翻译家，曾将剧目《王宝钏》译成英文，它在英国上演时引起轰动。在表叔的影响下，他从小就对英语产生了浓厚的兴趣，立志要成为像表叔一样的翻译家。

考入西南联大外文系后，因为对梦想的执着，他冲劲十足。他每天起床第一件事，是用英语写日记，翻译一首诗歌。读一年级时，他把林徽因的诗《别丢掉》译成英文，发表在《文学翻译报》上。两年后，陈纳德上校率队来昆明援助中国抗日，招待会上，一句"三民主义"让语言不通的宾主双方冷了场。他在人群中站起来，用中气十足的嗓门翻译为"of the people，by the people，for the people"（民有，民治，民享），宾主都恍然大悟。这一次崭露头角，使他信心倍增，他决心向更高的阶梯迈进。

在巴黎大学留学时，他发现，中国的经典著作，除了被汉学家译成法文的四大名著之外，其余只有一些薄薄的小册子。由此，他产生了一个想法，除了把英国和法国的许多名著翻译成中文外，还要把唐诗宋词等中国文化的精粹译成外文，使世界更加了解中国。然而，翻译古典诗词并非易事，不但讲究格律音韵，而且其内容博大精深。他经常为一词一句绞尽脑汁，几乎达到了痴迷的程度。有时灵感突发，他会在半夜里起来开灯，记下睡梦里想到的诗句。

回国后，他被分配到北京外国语学院任教，从此笔耕不辍。最开始翻译罗曼·罗兰的《哥拉·布勒尼翁》时，千字才九块钱，需要倒贴钱才能翻译出书。如果不是有教书的工作，光靠翻译肯定得饿死。别人都笑他傻，他却乐在其中。"文革"中，他在烈日下被批斗。别人早已心灰意冷，他仍然自得其乐，嘴里嘀咕着用韵文翻译的毛泽东诗词，被狠狠地抽了一百鞭子。夫人问他："挨打了还继续译呀？"他说："当然，闲着更难受。"

"文革"结束后，他担任北京大学国际政治系兼英语系教授，以几近花甲之年，步入了一生中最美好的金秋季。他的翻译自成一派，创造性地提出了"三美论"（意美、音美、形美），坚持翻译是美的创造，力争超越前人的翻译。傅雷的译文已被公认为经典，而他要和傅雷展开竞赛。他的翻译理论和方法既然属于首创，就难免众说纷纭，甚至被贴上"文坛遗少""提倡乱译的千古罪人"等恶名。为了捍卫译文中的美，他像战士一样，与人决战到底，即使面对权威，也从未退让过。

前几年，九十多岁的他接受了海豚出版社的邀请，向莎翁剧作翻译发起猛攻。凭一己之力翻译《莎士比亚全集》，是一块让人望而生畏的硬骨头。他给自己规定了每天一千字的翻译量，如果没完成，就会继续工作到凌晨三四点。面对市面上《莎士比亚全集》不同版本的新译作，他自信满满地说："还是我翻得好一点。"他最大的愿望就是："我要活到一百岁，把《莎士比亚全集》翻译完！"

他就是著名翻译家许渊冲，翻译六十余年，中译英、中译法译著以及英译中、法译中著作，共有一百二十余本。1999年，他被提名为诺贝尔文学奖的候选人。2010年，获得中国翻译协会颁发的"翻译文化终身成就奖"。和许多学者低调内敛不同，他个性张扬，名片上赫然印着"书销中外百余本，诗译英法唯一人"。

前不久，因为登上央视节目《朗读者》，九十六岁的翻译家许渊冲瞬间上了热搜榜，圈粉无数。记者问他是如何取得骄人的成绩的，许渊冲淡淡一笑，回答说："别人可能用青春去追求梦想，而我是用一生去追求梦想。当梦想一个比一个高远的时候，我必须鼓足所有的勇气，像战士一样去冲锋陷阵。"

卡耐基说，成功的人，都有浩然的气概，都是大胆的、勇敢的……他们自信他们的能力是能够干一切事业的。把一生献给梦想，在努力、坚持、捍卫的基础上，狂妄的人也许更容易成功。

好习惯受益终身
◎郝秀苓

《中国诗词大会》第二季完美收官，作为节目主持人的董卿，不是用她的高颜值博得掌声的，而是用她那厚积薄发的文化底蕴，让所有的观众和选手折服。她站在舞台上，没有事先排练的台词，用自己的满腹经纶坦然应对，引经据典信手拈来，把最恰当的文学语录送给每个参赛选手。

董卿在家是独生女，父母教育很严厉，没有一点掌上明珠的待遇。刚刚识字时，父亲就让她每天抄写背诵古诗词，节假日也不许偷懒。看到小朋友们在外面玩耍，董卿噘着小嘴，趴在小桌上抄抄写写，暗地里恨过父亲。上初中时，少女情怀初开，她爱美爱漂亮，出门前都要对着镜子左照右照，特别是偶尔穿件新衣时，更是会前后左右无死角地欣赏一会儿。父亲呵斥她，有照镜子的时间不如多看一会儿书。

父母一直坚持从董卿的内涵方面培养，母亲隔段时间给她列出一部分名著书单，让她阅读。董卿也被书里的春秋迷倒，读书又快又透，几乎几天一本书。母亲不相信她能完全读完，时不时地会翻到某页抽查，她张嘴就能接下去。大量阅读让她开阔了眼界，提升了个人修养，每天不用父母督促就娱乐在书海里，渐渐地养成了"如果我几天不读书，就像几天不洗澡一样难受"的好习惯。

有一次，董卿陪朋友去考浙江电视台的主持人，自己也顺道报了名，却意外考中。董卿欣喜若狂，又有些担心，因为她从小喜欢文艺表演，但父亲坚决反对，为此父女关系一直僵着。董卿回到家后，有些忐忑地把这个消息告诉了父母，以为又会听到父亲不满的几句唠叨，可没想到，父亲一反常态地恭喜她、祝福她。董卿蒙了，后来悄悄问母亲才知道，父亲看董卿坚持自己的爱好，并做到了最好，就不再固执己见了。

后来，董卿到了上海卫视，因为有在浙江电视台当主持人的成功经验，她以为在上海卫视可以大显身手，可是她根本没有上镜的机会，成了打杂跑腿的。看着别人在灯光下光鲜亮丽，自己却像个灰姑娘隐身在角落里，董卿选择了读书，书不离手，在书山诗海里寻求一片宁静天地。一年后，董卿顺利地考上了上海戏剧学院的电视编导系。

但在上海戏剧学院电视编导系求学期间，她的形体表演总是跟不上，她自卑过、彷徨过、苦恼过，感觉生活灰暗。不过经过长时间的思考后，她决定还是以自己擅长的文化课弥补不足。她给自己定下了学习目标，上课时她认真学习形体，下课后一头扎进书海，大量阅读，记录专业理论知识，最后以优异的成绩毕业了。

虽然读书挤占了董卿大把的时间，但她始终相信所有书都不会白读，它总会在未来日子里的某一个场合，帮助她表现得更出色。

　　腹有诗书气自华,董卿能撑起《中国诗词大会》第二季这片天,离不开她日积月累的读书所积淀的才华。

乐观的马云不流泪

◎唐剑锋

人们看到马云的时候,他总是乐乐呵呵地脸上堆满笑容。其实,马云并不是没有烦恼事、痛苦事、不顺心事,他也是人,也有喜怒哀乐。马云经历过的那些失败,要是放在一般人身上,早就被压垮了。乐观是马云不流泪的理由,更是他成功的前提。

大学毕业后,马云一共找了三十多份工作,都没有被录取。马云和四个同学一起去考警察学校,其他四个人都被录取了,只有马云没被录取;他与二十三个人同时应聘一家快餐公司,其他二十三个人都被录取了,还是只有马云一个人没被录取。这些打击,放在一般人身上了,即使不会一生不振,起码也会一时不振,而马云只说了这样一句话:"也许这就是上天安排你自己创业,不该给别人打工!"

"不该给别人打工"的马云,从此坚定地走上了一条全新的创业之路。马云说:"做人要有情商,要有智商,还要有勇气去担当。我相信,年青一代的智商一定比他们的父辈要高很多。我智商不高,如果我智商高,我可能就不创业了。因为读书读得不是太好,好的工作找不到,所以我只能自己干。我情商也不高。高情商是怎么来的?磨难、失败、失意、迷茫、痛苦、失望,所有这些凑到一起，就能造就高情商。"对于在学校"矮一头"的马云来说，他并没有名牌大学学霸的闪光点，找工作又不顺；愈挫愈勇的马云，就这样倔强地选择了互联网产业。

马云选择互联网产业的时候，请了二十几个朋友到家里来，当时只有一个人同意，其他人都反对。马云回忆说，那是1994年年底。那么多朋友异口同声地说"这完全不靠谱"。"马云，你不懂电脑，不懂管理，没有钱，也没有关系，凭什么你要去创业呢？"凭什么去创业？就是今天，马云依然对"凭什么去创业"这个问题说不清楚。后来马云说："总觉得不做这件事情就很难受，所以我想试试看，如果做得不行再说。"就这样，马云开始了行动。对那些没有名牌学历的年轻人来说，马云教给你要学会自信、行动，不要气馁，更不要自己看不起自己。

创业的路，是艰辛的。马云以过来人的经验告诉创业者："没有一个人能轻轻松松地成功。"别人抱怨、反对的时候，马云默默地坚持着，这一坚持就是十五年，才走到今天。马云说："今天，如果一定让我重新创业，我一定要找一个好老板，找一个好团队，跟着他们一起创业。这是乐趣，也是一种创业，未必一定要自己当老板。自己当老板，自己做很好，但是跟着一个优秀的人去做也不错。"如果不是"创业艰难百战多"，马云也不会有如此感慨。

马云鼓励大家："我想证明一点，如果马云能够成功，那么中国百分之八十的年轻人都有可能成功。我们没有拿到政府一分钱，我们没有拿到银行一分钱，也没有人愿意借给我们一分钱。我们也不是名校大学生，全是普通大学生。"路在自己脚下，机会是自己给的，不要自暴自弃，更不要自己给自己泄气，要以马云为榜样，勇敢地去闯，才会有所作为。你不试，怎么知道自己不行呢？如果不试，是对自己不负责任，也是对生命不负责任。

马云说："我告诉大家，我有幸跟巴菲特、比尔·盖茨、索罗斯交流过，我发现他们都有好多值得我们学习的特质。第一，他们乐观，很少听见他们抱怨，这不是说他们没有抱怨，每个人生下来都会抱怨，但是要乐观、积极地看待未来。他们只是在人们抱怨的时候反而找到了机会。第二，他们很积极，他们有担当的勇气，敢于行动。第三，他们比一般人能坚持。"

成功没有捷径。"如果有一天你们创业，或者你加入了一支创业团队，当你或者你的老板觉得很难再坚持下去的时候，你就回家睡一觉，第二天早上起来继续干。很少有人看到过我流泪，因为我没时间流泪。"乐观地看待未来，积极寻找机会，有坚持担当，才能走向成功。

《战狼2》凭什么成功

◎侯爱兵

"功夫小子"吴京自编自演的《战狼2》,爆红2017年暑期档,上映至10月中旬,票房已突破五十六亿元,超过了《美人鱼》创下的三十三点九二亿元的纪录,成为中国电影史上新的票房冠军。吴京的《战狼2》凭什么这么成功呢?

挑战未知

在浮躁、跟风、速食的电影圈,特别是在好莱坞大片冲击中国电影市场的情况下,吴京想试着打造国产重工业军事类影片,在大银幕上树立一个像模像样的中国超级英雄。他的构思就是中国人脸孔的硬汉形象加好莱坞模式的视效场面加爱国情怀。就像一提到汤姆·汉克斯就会想到阿甘,一提到周星驰就会想到至尊宝,现在说到吴京脑海中就会想到冷锋,想到他所代表的新时代军人的形象。吴京把此作为他的一个梦想,能不能实现,一切都是未知数。从2008年,他就开始一步一步摸索来做这件事情。为了电影,他苦学军事,每一个镜头都想了无数遍。坚持八年,终于拍出了一部质量上乘并且好看的电影。

人干什么，不怕没机会，不怕没经验，就怕不挑战。吴京本只是个功夫演员，却敢于挑战当导演，并且要拍相对不好拍的军事题材电影，塑造咱自己的超级英雄。为此，他整整花了八年时间，学习和探索一切未知的东西，做足了充分准备，终于拍出了堪比好莱坞大片的影片。观众不仅看到了中国硬汉英雄，也产生了强烈的情感共鸣。在外人看来，《战狼2》很火，很偶然，但对吴京来说，这是天道酬勤的结果。

背水一战

吴京拍摄《战狼2》，预计投资八千万。一开始没有人知道它会火，所以也没有人会为吴京的梦想来埋单。困难重重下，吴京跟妻子商量，想拿出家里全部积蓄，并把房子抵押贷款来圆梦，这无疑是一次冒险。吴京告诉妻子，也许自己会赚得盆满钵满，也许会一赔到底，一无所有。妻子说，没事，电影赔了我养你。正式拍摄的时候，因为要远赴非洲，最终成本也由原本估算的八千万飙升到两亿！吴京又因为资金问题，再次卖车抵押贷款筹钱拍摄。真可谓是押上了全部身家性命，背水一战。吴京说："习武的人都有一个个性：打比赛的时候都想自己一定要打好。所以我要做什么事情，必须要自己尽心尽力去做好，否则干脆就不去做。"

成功需要冒险，需要有置之死地而后生的精神，不成功便成仁。拍电影需要钱，可这个题材大家都不看好，吴京却敢于把全部家当都押上去，这说明他的决心和胆识，也说明他的信心。一个人敢走绝路，一是被逼无奈，一是志向冲天。人要想成功，就要对自己狠一点，就要敢于破釜沉舟。吴京证明了这一点。一定是一百二十分的精神，一百二十分的努力，电影才会有一百二十分的效果。

勇于拼命

吴京为了《战狼2》亲自上阵，以命相搏。有一场"水下一镜到底"的打斗戏，所有人都觉得一镜到底是最好的代入方式，但没人知道能否成功。这段戏就连美国导演萨姆都没底，因为他也从没见过在水下拍一镜到底并且时长六分钟的戏。大家陷入艰难的选择，但吴京最终决定："拍！做别人没做过的事才有意思。"这段水下戏，吴京足足拍了半个月，每天超过十个小时的练习和拍摄，他一共跳了二十六次。有一次他被洋流冲走，差点要了他的命。事后他也曾坦言："你不经历生死，怎么去演绎生死？真听真看真感觉，而并不是装、拿、捏，观众隔着大银幕，是会看到你的诚意的。"这一段戏也创造了世界电影史的纪录。有观众说，光冲他这么拼，也值十亿。

干大事不惜身，没有一种拼命追求的精神，是难以做到极致、创造奇迹的。作为男主演，吴京十分尊重自己的职业，他有着一股"拼命三郎"的精神,有着对完美近乎苛刻的追求,他在增添了一份"生死间的体验"的同时,也使得《战狼2》多了一个又一个震撼的镜头。这值得那些抠图、替身、摆造型、念数字的"小鲜肉"演员们好好学学。

  《战狼2》蜚声国内外,让吴京名利双收。这值得我们深思,吴京有这样的成就仅仅凭他一时的运气吗?绝对不是!他的成功是因为他身上有着很多别人无法复制的特质。他的这些特质,值得我们好好学习,多多培养。

十年磨一剑

◎李素珍

莫泊桑刚开始写作时，拜福楼拜为师，定期将自己写的短篇小说寄给福楼拜，请他批阅。

但让莫泊桑感到奇怪的是，他收到的回信，没有一个字的点评，等于是原封不动地寄还。

为了了解真相，有一天，莫泊桑前往老师家，想一探究竟。

一进门，他就看见老师家的书桌上放着厚厚的一沓文稿，其中包括自己前几天寄给老师的新作。但奇怪的是，自己的新作上面依然没有一个字的评点。疑惑之余，他接着翻看老师的新作，发现了一个奇怪的现象：每张十行的稿纸，老师都只写了一行，其余九行都是空白。他忍不住惊奇地问："老师，您这样写，不是太浪费了吗？"

福楼拜笑着说："这是我一向的习惯。一张十行的稿纸，只写一行，其他九行都是留着修改用的。"

莫泊桑听了，恍然大悟，深深敬佩老师对写作的认真态度。于是，他继而提出了自己的疑惑："为什么您对我每次寄出的新作都不做点评呢？是不是我的作品，您干脆就没看过呢？"

福楼拜听了，爽朗地笑着说："你猜对了。说实话，你寄来的作品，我确实没看过。不是因为我忙，没时间看，而是现在根本就不必看。你从现在起，天天努力去写就是了。十年之后，你的东西，我一定认真去看，并给出相应的修改意见。"

莫泊桑明白了，自己现在写的东西，大多幼稚可笑，没有思想深度，且文笔浅显，尚须磨炼。

这之后的十年中，莫泊桑每天都认真写作，并且一如既往地定期将新作寄给老师。而福楼拜收到后，看也不看便寄还莫泊桑。他的意思是——我收到了，你的努力我看见了，接着写吧！

十年来，莫泊桑习惯了这样的教学方式。每次收到老师寄还的稿件，不用拆开，他也知道里面没有一个字的评点。但他依然坚持寄稿，无言地告诉老师："我又写了新作，我还在写呢！"

十年后的一天，福楼拜收到莫泊桑写的短篇小说《羊脂球》，对他说："这篇可以拿去投稿，应该能够发表。"

于是，莫泊桑将《羊脂球》投了出去，发表后便立刻获得了空前的成功，从此一举成名。此后，他的短篇小说频繁问世，成为高产作家，被誉为世界"短篇小说之王"。

十年磨一剑，谦虚写作的莫泊桑，埋头写作十年，终于成就了人生的辉煌。

曾国藩的君子之志

◎艾里香

曾国藩以一介布衣寒士，二十八岁时实现了许多读书人梦寐以求的"书生变蛟龙"的理想，跻身于翰林院，从而打破了曾氏家族几百年"寒籍"的历史。

进入京师后，曾国藩并未如常人一样沾沾自喜，而是在内心深处充满着君子之志的伟大抱负。他认为，志向高远对个人来讲至关重要。而自身修养同内圣外王的心灵终极，尚有很大差距，于是将"不为圣贤，便为禽兽；莫问收获，但问耕耘"作为座右铭，时时以"君子当以不知尧舜周公为忧，当以德不修、学不讲为忧"。

考中进士是曾国藩政治生涯的起点，同时也是他新生活的开端。他甚至将自己的名号都改换门庭。曾国藩本名曾子城，到京城后，首先改号涤生，取荡涤旧事，告别昨天之意。后得益于名师劝导，改名国藩，以示做国之藩篱，成为朝廷栋梁。

曾国藩制订了严格的修身计划，曰"日课十二条"。即：

一、主敬：整齐严束，无时不惧；无事时心在腔子里，应事时专一不杂，如日之升。

二、静坐：每日不拘何时，静坐半时，体验静极生阳来复之仁心，正位凝命，如鼎之镇。

三、早起：黎明即起，醒后不沾恋。

四、读书不二：一书未点完，断不看他书。东看西阅，徒循外为人，每日以十页为率。

五、读史：二十三史每日十页，虽有事亦不间断。

六、日知其所亡：每日记茶余偶谈一则，分为德行门、学问门、经济门、艺术门。写日记，须端楷，凡日间过恶（身过、心过、口过）皆须一一记出。

七、月无忘所能：每月作诗文数首。

八、谨言：刻刻留心，是功夫第一。

九、养气：气藏丹田，无不可对人言之事。

十、保身：谨遵大人手谕，节欲、节劳、节食欲。

十一、作字：早饭后作字，凡笔墨应酬，皆当作功课，不可待明日，愈积愈难清。

十二、夜不出门：旷功疲神，切戒切戒！

曾国藩的日课十二条，正说明了勤能补拙的道理。正是凭着这股韧劲和恒心，曾国藩造就了自己的成功人生，成为中国近代史上一位重要的历史人物，成为晚清"第一名臣"，成为中国传统文化的集大成者。

曾国藩虽然以捍卫传统的道统作为自己的终生职业，但他同时也是一个博学的人。他没有走入腐儒一途，养成了学问必须有益于国事的本领，以适应时代的需要。这就是他平生经常讲的——志"要立得住，还要行得通"。

中国的"萨利机长"刘传健

◎申云贵

2018年5月14日,一架飞机从重庆出发,飞往拉萨。飞机在青藏高原东南边缘上空飞行时,驾驶舱右座前挡风玻璃忽然破裂脱落。当时,副驾驶半个身体已飞出窗外,飞机瞬间失压,仪表损坏,通信中断。生死关头,机长临危不乱,正确处理,机组成员协作配合,最终,飞机安全迫降成都双流机场,机上全部工作人员和一百一十九名乘客安然无恙,机长带领机组完成了"史诗级降落",堪称奇迹。执行这次飞行任务的机长就是中国"萨利机长"刘传健。

刘传健小时候学习成绩优异,他有一个梦想,就是成为一名飞行员。但读高中时,他的英语成绩落后了,所以他第一次考飞行员时落榜了。

落榜后,刘传健情绪低落,认为飞行梦想从此破灭了。当时,他的父亲在水泥厂上班,按照政策,他可以接班。既然做不了飞行员,有一份稳定的工作,也是一个不错的选择。于是,刘传健去了水泥厂上班。他有一个习惯,每天下班前,都要把所有的电源插头和开关检查一遍,看有没有未切断的电源和没关掉的开关。有人说:"厂里有值班的,你这是多管闲事。"刘传健说：“下班后电源如果不切断，万一出了事就麻烦了。这是我们上班时的事，我们就要负责。"就这样，刘传健在水泥厂认真负责地上了两个月的班，一天，他听到了学校可以复读的消息，便马上去找厂长辞职，准备回校复读。临走时，厂长很不舍，说："这小伙子很有责任心，以后一定有出息。"

厂长的话没错，刘传健第二年顺利地考上了空军第二飞行学院。在飞行学院，刘传健严格要求自己，学习成绩非常好，是飞行尖子生、全优学员。毕业时，他通过三道关卡，成为学院的飞行教员。刘传健带学员很有一套，他不但要求学员要学好飞行技术和各种特情处理，还特别强调团队精神和责任心。有一次，他租了一只小船，带领学员到河里划船。船划到河中间，刘传健暗中一用力，小船立即剧烈地摇晃起来。船上的学员惊慌失措，划船的把船桨丢了，其他人到处乱窜，一会儿，小船就翻了。等大家都浮出水面后，刘传健严肃地说："遇到这种情况，大家首先不能慌，要坐着不动。两名划船的更不能把桨丢了，要有责任心，互相配合，稳住船。"学员们把小船翻过来，再次上了船，都按照刘传健说的做。果然，不管他在船上怎样跳着折腾，小船再也没有翻过。

正是因为有着强烈的团队精神和责任心，再加上在部队练就的过硬的飞行技术和特情处理能力，刘传健转业到四川航空公司后，很快成为3U8633航班的机长，多次出色地完成了飞行任务。

在记者采访他时，他说："这次成功迫降，靠的是团队的力量,第二机长、副驾驶和乘务长的配合是关键因素。就我个人而言,我只是履行了一个飞行员应尽的职责。作为机长,我有责任把飞机和乘客安全地带回地面;而作为丈夫和父亲,我有责任给妻儿一个完整的家!"

超级英雄詹姆森·哈里森

◎蒙　攀

詹姆森·哈里森十八岁成人礼那天，他兴高采烈地跑到离家最近的献血站，准备献出人生中的第一个四百毫升血。看着血液缓缓地从血管中流出，就好像在为某个生命垂危的人输送生的希望，他的内心感到无比自豪和骄傲。

在哈里森所有的成年愿望清单里，献血排在第一位。这个愿望是哈里森十四岁时许下的，当时他正身患重病，需要进行一场肺叶切除手术。如果手术出现意外，他可能再也醒不过来。年少的哈里森面对死亡这个字眼，第一次感到恐惧。但上帝是慈爱的，不会轻易夺走一条鲜活的生命。手术后的哈里森逐渐康复起来。某天，主治医师查房，看到了小哈里森，摸摸他的头说："孩子，快乐一点，手术成功了，你获得健康了。"哈里森偏着头问："真的吗？"医生信誓旦旦地回答："当然，在手术中你可用掉了整整十三单位的血液呢！相当于身体做了几次血液清洗，叔叔保证你身体里的病毒已经被彻底消灭了。"听了主治医师的话，哈里森的脸上终于露出了久违的笑容，同时也默默地在心里记住了"十三单位"这个数字。

出院后的哈里森，一想到自己身体里流淌着的血液，是来自那些素未谋面的献血者，内心就充满感激。正因为他们的善良，才有了自己的新生。哈里森默默地许下愿望，要以同样的方式回馈社会，报答那些陌生人的善意。

一天，他接到红十字会捐血服务中心医生罗宾·巴罗打来的电话："嘿！哈里森，你好吗？我有件神奇的事情要和你分享。我们发现你的血液里有一种罕见的抗体，似乎可以治疗溶血症，你愿意配合我们做进一步的医疗研究吗？"

哈里森兴奋地说："当然，我非常愿意。"

谁也不会想到，正是这项研究，拉开了哈里森成为"超级英雄"的序幕。

巴罗医生告诉哈里森，他血液中之所以有这种超级抗体，可能跟他十四岁时那场大换血手术有关。就像蜘蛛侠，原本只是一个普通的高中生，但是因为被一只受过放射性感染的蜘蛛咬伤，从而获得了超能力，开始化身蜘蛛侠守护城市。巴罗医生还说，那场大换血应该赋予了哈里森不一样的超能力，用来守护澳大利亚的宝宝们。

第一支由哈里森血液中的抗体制作而成的Anti-D注射剂被测试后，效果显著。而哈里森为了尽可能多地献血，变得更加爱护自己的身体。健康饮食，规律作息，不让自己生病，每两周就去献一次血。成千上万的Anti-D注射剂被制作出来，更多的宝宝得到守护。

一天，哈里森像往常一样在捐血服务中心献血，一个妈妈抱着宝宝手拿一束鲜花出现在哈里森面前："谢谢你，哈里森，你是我们全家的超级英雄，谢谢你让爱丽丝平安地来到这个世界。"

哈里森有些害羞地说："其实我只是做了力所能及的事情，可以说这是我唯一的天赋了。"所有人听着哈里森幽默的回答都笑了起来，心中不由得对哈里森的无私奉献精神更加敬佩。

在往后长达六十年的时间里，哈里森往返于家和捐血中心，一支支由他的血液制成的Anti-D注射剂，守护了二百四十多万的宝宝。

2018年，哈里森已经八十一岁高龄，坐在捐血服务中心的椅子上，他将完成自己的第一千一百七十三次献血，这也是哈里森最后一次献血，因为他的年龄已经不在献血年龄之内。看着最后一袋血从自己的身体流出，哈里森有些感慨地说："很遗憾，我老了，没办法再帮助更多的人。"听着哈里森的话，众多的妈妈抱着自己的孩子出现在哈里森的面前，她们红着眼睛拥抱了哈里森。

如今哈里森向全社会发起一项呼吁，希望能够找到和他相似血型的捐献者，来挑战自己的一千一百七十三次献血纪录。

留下巨额财富的世纪老人

◎竹　子

　　田家炳先生是中国香港颇有名望的富豪，他热衷于国家的科技、教育及慈善事业，天文学家用他的名字命名了一颗小行星。他捐助了九十三所大学，一百六十六所中学，四十一所小学，约二十所专业学校及幼儿园，捐建乡村学校图书室一千八百余间，被誉为"中国百校之父"。与其他富豪不同的是，老先生生活非常低调，从来没有被媒体宣传过。

　　田家炳出生于广东一户书香门第，自幼好学，立志要学业有成。但不幸年少丧父，因为弟妹年幼，他很早就与母亲一起担起了家庭的重担。在新中国成立前夕，他就开始经商，在广东做过多种行业，之后辗转到国外办厂，新中国成立后定居中国香港，最先成立了新安企业和华安置业建筑两大公司。经过几十年的努力拼搏，他终于成为亿万富翁。

　　早年他去美国经商，有一次需要雇车，车主看他是中国人，便轻蔑地对他说："中国人的东北都丢了，国家都没了，还有钱打车？"他当时大声呵斥："谁说中国人没有国家？我们有无数的民众，一定会把小日本儿赶出中国去！中国人在这儿不但有钱雇车，而且还会付给你双倍的钱！"田家炳怒了，到了目的地，他狠狠地把租车钱摔在车主面前。因为受到了极大的侮辱，他十分愤慨。同时，他又在报纸上看到，国家沦陷，侵略者纷纷在中国划出了租界，并挂上了"华人与狗不得入内"的牌子。田家炳昼夜难眠，悲愤交加。"国家兴亡，匹夫有责"，他在国外立刻行动，联合华商支持抗战。国家落后了就要挨打，他深感国家输在了教育上，只有教育兴旺，才能国富民强，所以他立志以后投身教育。

受战乱影响，他生意败落，但他一直在经商路上寻找生的希望。在国外几经辗转之后，他定居中国香港，重新开始。

秉承祖宗教诲，他一直重视教育和慈善。他说："留钱财给子孙，不如积德于后代。"自己年轻的时候，为了养家糊口做生意打拼，没能完成学业，是他一生的遗憾。他去过很多欧洲发达国家，那里的教育很先进，人才辈出，使他深感要想国家富强，必须以教育为本。投资教育是田家炳早年的愿望，他决心为国家出点力量。他首先帮扶贫困地区的学校，想让每个孩子都能读书，都有改变命运的机会，帮他们完成他年轻时未了的心愿。

1982年，他成立了田家炳基金会，捐出十多亿元，这是他全部资产的百分之八十，他还召开家庭会议规定，要将公司每年利润的百分之十用于公益慈善事业。从中国香港的幼儿园到大中小学，再到他家乡广东及贫困山区，国家的许多地方都有以田家炳命名的学校。

有段时间受金融风暴影响，他们公司的周转资金减少，以致支付不起早已谈好的帮扶项目，他便果断决定卖掉自己的住宅补缺。当时便遭到了全家人的反对，但他毫不动摇："我一向是承诺的事必须做到。我年纪大了，没必要再住这大房子，卖了我的房子，可以帮助内地盖起一所中学，能帮助孩子们上学，我高兴！"儿女们不敢再阻拦，田家炳毅然决然地和老伴搬出去租房住了。

每一所学校落成时他都开心不已，只要有时间，他都要亲自去给学生进行励志讲演，激励学生们，并让学生们感谢老师。

一面是慷慨的捐助，另一面却是自己非常俭朴的生活，他没有自己的专车，每天上下班坐地铁、公交，一双鞋穿了十年，袜子补了又补，一直戴着老式的电子表，出门吃饭很简单，只吃素食，而且从不浪费一粒米。走在大街上，他俨然像个生活在社会底层的老人，很少被人注意。

就是这位淳朴善良的世纪老人，把自己资产的百分之八十都捐献给了国家的科技、教育、公益事业。

2018年7月，这位世纪老人离我们而去，九十九岁高龄，无疾而终，历经百年沧桑，最终完成了自己的心愿，活出了人生的精彩，给后人留下了一笔宝贵的财富。

张伯苓的"11号车"

◎周 礼

张伯苓是我国近代著名的教育家，他一生致力于教育救国，曾先后创办了南开中学、南开大学、南开女中、重庆南开中学等，培养了诸如周恩来、曹禺、金焰等众多杰出人物，为中华民族的教育事业做出了极大的贡献。

身为多校之长的张伯苓生活十分节俭，从不在自己的身上多花一分钱。他白手起家，创办了好几所学校，其经费主要靠社会募捐，由此得了个"化缘和尚"的绰号。大家感念张伯苓办教育的赤诚和一腔爱国热情，纷纷慷慨解囊，一下子就募集了数百万资金。面对如此巨款，张伯苓毫不动心，从未挪用过公家的一分一厘。他把所得款项一一登记造册，账目完全透明化、公开化。他坚持钱要用在刀刃上，绝不允许铺张浪费，更不允许落入私人腰包。

在张伯苓的苦心经营下，学校的资产迅速增长，教员的工资一涨再涨，很多教授都拿到了每月三百元的工资，而作为校长的张伯苓工资却一直只有一百元。有人提醒张伯苓，说他为南开的发展殚精竭虑、费尽心血，即使不愿多拿，也应该与其他教授的工资持平啊。张伯苓只是笑笑，说他就是一个打杂的，哪能跟教授们比呀！并且，他虽然是多所学校的校长，付出的也比任何人都多，但他从不肯领双份工资，他把本属于自己的钱全部用在了学校建设和教师的福利待遇上。

张伯苓出行很少坐车，无论是上下班，还是去市里开会，他都一路步行，即便有时去外地出差，他也只坐三等车厢。当时南开大学的教授薪水极高，几乎个个都有专车（黄包车），有的甚至还拥有私家汽车。而张伯苓的生活标准远不及学校的任何一个教员。对此，张伯苓毫不在乎，他总说，多走走路，对身体有好处。有一次，张伯苓去参加一个会议，散会后，服务员望着停着众多小轿车的停车场问他的车号是多少，张伯苓回答说："11号。"服务员信以为真，谁知找来找去，始终找不到11号车。等他看到张伯苓远去的背影时，他才醒悟过来，原来张伯苓的"11号车"就是步行的意思。除了开会不坐车外，张伯苓还有一个习惯，那就是出门必带除臭虫药，这是因为他出差时总是住最便宜的旅店，而这些旅店里往往臭虫横行。

张伯苓给南开的教授们修建了宽敞的住宅，而他自己却住在南开中学后面一个羊皮市场的简陋平房里。有一回，张学良将军乘车拜访天津的名人，转来转去却寻不到张伯苓的住所，后来几经打听，才在一条晒满了羊皮、散发着恶臭的陋巷中找到了张伯苓。张学良感慨万千，他怎么也想不到，功绩卓著的张伯苓竟然住在一个鱼龙混杂的贫民窟里，顿时，敬佩之情油然而生。

张伯苓退休后，连仅有的一份收入也没了，晚年完全靠三个儿子赡养。当他去世时，人们惊讶地发现，他房无一间，地无一亩，也没有存款，口袋中仅有六元七角钱。也许正是因为有了这样一位大公无私的校长，才有了百年名校，才有了今日之南开。